人間好時節

A Great Lifetime

古典詩詞的人生啟示

流金歲月版

張曼娟

若無閒事掛心頭——十五週年序

麥田出版社副總編輯秀梅告訴我，《人間好時節》已經出版十五年了，想要改版重新上市，也許能有機會認識新的讀者。

聽見這個消息，讓我重回二〇〇五年，那一年確實是人生的轉捩點。我在暑假創辦了【張曼娟小學堂】，帶領孩子學習經典詩詞與寫作；我以文學創作而非學術論文升等為教授；並出版了【張曼娟藏詩卷】第三部《人間好時節——古典詩詞的人生啟示》。這三件事看起來並無關連，卻是互為因果的。在我的升等評審意見書中，有位評審特別指出，這些年來我用現代作家的身分，積極從事於「文普書」的創作，是具有指標性意義的，值得肯定。

就是因為想將古代經典普及化，才創辦了小學堂，而《人間好時節》的出版，說明了我始終在路上。

過去那些年，有學生在會考或學測中得到作文滿分，接受訪問時，常提到我的名字，說他們是讀著我的書長大的，【張曼娟藏詩卷】也常是被推薦的書籍。我試圖以現代人的感受，去理解古代人的悲歡離合，驗證了代溝並不存在，心領神會的共鳴與療癒，只在一瞬之間。我願自己是一個引路人，每個讀者都能在古典詩詞中，找到自己的人間好時節，雖然，這人間不一定總是那樣美好。

二〇二〇真是詭譎莫測的一年，變動來得又急速又劇烈，沒有人能置身事外，在我們短短幾十年的生命經驗中，是絕無僅有的。然而，古典詩詞中給予我們許多不同的人生觀，像是白居易的「隨富隨貧且歡樂，不開口笑是癡人。」物質生活的貧與富，並不能主宰我們的快樂，能夠把握此刻，笑口常開，才是聰明人。又像是袁枚七十歲種下小樹，欣欣然等候它長大，而後自嘲的寫下「古來雖有死，好在不先知。」死亡是無人可以逃脫的，有人因此終日悽惶不安，憂疑不定。袁枚卻覺得無法預知死亡，是上天賜予我們慈悲的保護網，讓我們可以怡然自得的過日子，做自己喜歡做的事；愛自己想要愛的人。

這些年來，許多學生因為教科書選了我的文章，於是認識了我。《人間好時節》是常被入選的篇章，有些孩子會直接對我說：「人生需求愈少，負擔愈輕，是老師的人生觀。對吧？」那是從蘇軾的〈定風波〉中得到的人生啟示，在他的貶謫人生中，幾番流離顛沛，與死神並肩同行，死神的羽翼甚至覆蓋過他因刑求而遍體鱗傷的軀體。而後他寫下了「莫聽穿林打葉聲，何妨吟嘯且徐行。竹杖芒鞋輕勝馬，誰怕？一簑煙雨任平生。」在飄泊無定的路途上，只要一枝竹杖，一雙草鞋就足以闖蕩，何必追求更多？年輕的時候，我們以為積極奮發是唯一的生活態度，稍有年歲便會明瞭，沉潛與清簡有時是更高的人生層次。讓孩子領略各種人生觀，或許是給予他們應付這個亂世的平安錦囊。

每一天都是新的開始，都有可能被閒事煩擾，於是，我們讀一首詩，聽聽詩人對我們說話，尋找字裡行間的馨香，繼續昂首前行。

作於二〇二〇年八月三十一日

人間好時節

小時候，沒有電視和電玩，連電影也難得有機會看，我的遊戲，就是唐詩。

母親不知道從哪裡找到一本破破舊舊的《唐詩三百首》，教四歲半的我和一歲半的弟弟背誦。「春眠不覺曉，處處聞啼鳥，夜來風雨聲，花落知多少？」是我生命裡第一首詩。

我還不識字，母親唸一句，就跟著唸一句，像堆積木似的，把一首詩完整的堆砌在小腦袋瓜裡。

就是這二十個似懂非懂的字，敲開了一扇鳥語花香的詩意之門。

我的母親是護士，一直都是職業婦女，那兩三年，也是母親很難得的一段家庭主婦生涯。我還清楚記得，背詩的時候，母親在廚房裡揉麵，捏出一個個巧緻的麵娃娃，有豆沙餡的小兔包；芝麻餡的小魚包，還有小鳥啦，花朵啦，各式各樣的，放進蒸籠裡去，就在我們背完一首五絕或七絕的時候，鼓膨膨的包子蒸好了。能夠準確背出詩來，就能獲得一個兔包或是魚包的獎賞，熱騰騰的包子捧在手裡，卻還瞅著別樣的，恨不能多背幾首詩。

吃過晚飯，父母親便牽著我和弟弟的手，出門散步。我們把白天裡背熟的詩，背給父親聽，欲窮千里目，砰，我把一粒石子踢得遠遠的，更上一層樓，追上去踢得更遠，痛快地，砰！

常常，遇見不相識的路人，因爲兩個用著嘹亮童音，如同歌吟的孩子背詩的聲音而駐足，聽完之後，看見他們眼中的驚奇和讚賞，我和弟弟彷彿穿上了最華美的衣裳。

母親再度工作之後，再沒有人領著我們讀詩，而我依然愛詩。學校裡的老師規定學生背詩，同學們哀鴻遍野，苦不堪言。他們所以為的苦刑，對我而言，卻是那樣快樂的事。

少女時期，我曾在當時還沒拆除的「國際學舍」舉辦的書展中，買下自己第一本詞選，《三李詞選》，選的是李白、李後主和李清照。規定自己，每天一定要背一闋詞，這三位詩人的詞選，統一是感傷的情調，這使我變得多愁善感，耽溺於眼淚與自憐。

有個同學鎮日裡是開心的，如同陽光下的銀杏樹，嘩啦嘩啦，一陣風過就閃著細碎的笑聲。她很驚訝的注意到我的落落寡歡，於是，有一次我生日，她在卡片上抄了一首詩給我：

春有百花秋有月，夏有涼風冬有雪；
若無閒事掛心頭，便是人間好時節。

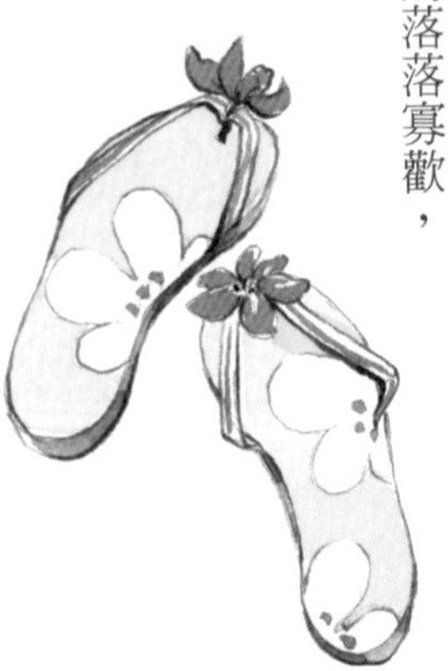

這裡面的憂愁呢？追悔呢？感傷呢？爲什麼既不懷念遠去的朋友？也不追憶逝去的情事呢？爲什麼沒有年華老去的無奈？爲什麼沒有時不我予的慨嘆？爲什麼這首詩讀完了，竟然對生活有了好多喜悅的情緒，讓我忍不住想要出門去，感覺一年四季的風花雪月，感覺活著是一種幸福。

從那時候我就意識到，詩詞的世界何其廣闊，絕不只是提供了多愁善感而已。

我從沒有什麼座右銘，遇見困擾或煩惱的時候，也不求神問卜，我習慣翻閱詩。那些詩人從不吝惜，以他們的生命故事，給我們人生啓示。

一年四季，你喜歡哪個季節？

王國維是春天的擁護者：「四時可愛唯春日，一事能狂便少年。」春天的植物從冰雪中掙扎著，冒出頭來，等待溫暖的雨水，迅速地發芽成長，不過幾個晝夜，便蔓延出整片綠意。只要我們仍有熱烈投入的目標，煥發青春的狂情，便也能衝破人生霜雪，回到年少時代，無所畏懼。

從古到今，人們運用各種方法，企圖留住青春，希望永遠保持著春日的生機盎然。然而，最好的回春術，其實不假外求，只要我們心中的火種不熄，便能滋生出一片草原。

司馬光在初夏的客邸中，見到了金黃色的花：「更無柳絮因風起，惟有葵花向日傾」，他被向日葵的堅持所感動，將這花視爲夏日的力量。柳絮與葵花的不同，就在於這裡，柳絮隨風飄揚，並沒有固定的方向；向日葵卻是不管太陽在哪裡，它的臉孔都會轉向那裡，如此執著。

人生走到夏季，約莫都能尋找到自我，發現值得去奮鬥的目標了。有了明確方向的人，就像是豔陽下的向日葵，可以盡情綻放。人們看見向日葵，也多能獲得一種振奮的鼓舞。

陶淵明的「采菊東籬下，悠然見南山」，又是一種怎樣的心情呢？這不僅是心情，也是一種境界。秋天是收穫的時刻，也是賞翫的季節，一方面收穫自己的耕耘，一方面還能欣賞別人更高的成就，不張狂，不嫉妒，正是學習

悠然的好時機。

「晚來天欲雪，能飲一杯無」，這是白居易邀請朋友前來飲酒的詩。下雪之前的氣溫，酷寒砭骨，最爲難熬，然而，詩人卻在紅泥小火爐上暖著美酒，邀請朋友前來共飲，無限的溫暖與浪漫。哪怕是走到了生命的冬季，還是不能放棄享樂與朋友，不能割捨所有生之歡愉。

這些詩詞帶給我們的，不只是多愁善感的情意，更多時候還有心靈與智慧的啓發。我們必須有一首，或是幾首詩，要放進人生的行囊裡，足以抗禦這詭譎多變的人間。

我常想到童年時，背著詩，踢著石子，在黑夜裡暢快的奔跑。

讓我們一邊唸一首詩，一邊把挫折和煩惱踢開，還給自己一個鳥語花香的好時節。

二〇〇五年元月　大寒　台北城

目次

CONTENTS

人間好時節

A Great Lifetime

古典詩詞的人生啓示

不能預知的人生，是幸福的

古來雖有死，好在不先知

與朋友約了在二〇一一吃午飯，還沒到十二點，購物中心剛剛開門，有著一種方才甦醒的氣味，逛街的人寥若晨星。我們一邊吃飯，一邊聊著許多工作上的事，生活上的遭遇，周遭的朋友碰到的那些荒謬或不可思議。

我們驚奇著、喜悅著，也不勝噓唏。吃完飯，已經一點多了，大家各自散去，有的人要回公司上班；有的人要去開會，目標都很明確。

我們穿過中庭的咖啡廣場，不知道什麼時候，從哪裡來的這麼多人潮，把廣場的每一張桌子都佔滿了。大家喝著咖啡，吃著蛋糕或是三明治，穿著都很合宜，舉止也很優雅，談話的表情也很專注。晴朗的陽光從天窗投射進來，每個人都籠罩在明亮之中，彷彿也染上一層幸福的光暈。當我們越過這些人的時候，身邊的朋友忽然說：「他們都知道自己的人生是怎樣的嗎？他們知道接下來會發生什麼事嗎？」

我有點被震動了。他們應該是不會知道的，就像我們也是不知道的。這個中午，只是個尋常的中午，微微窒悶的低氣壓，連到底會不會下雨，都沒有人知道。我們不知道的事，永遠比知道的多得多。

在九二一大地震來臨之前，這島嶼上的人們可能因爲太炎熱的暑氣，難以入眠而抱怨；當九一一的飛機撞上雙子星的時候，建築物中的秘書小姐可能正爲買錯了咖啡而懊惱呢；當南亞大海嘯席捲而至，遠從歐洲來的一對戀人正在沙灘上親吻，誰會知道呢？誰知道下一秒鐘會發生什麼事？

沒有什麼比生與死更重大的事了吧，然而，在那個時刻來臨之前，我們竟是如此蒙昧無知。不管是多麼有權勢的人；多麼有智慧的人；多麼富有的人，都是一樣的。

在咖啡廣場中，那個看起來生活乏味的孤寂怨婦，可能是下個禮拜的大樂透得主；那個拉鬆了領帶的上班族，結婚七年都沒孩子，可能兩個小時之後，老婆就會打電話告訴他，他將要做爸爸了，誰能預知呢？就是因爲此時此刻，沒有人能預知，所有的命運安排，那些憂疑或狂喜，那些獲得與失去，於是，此時此刻，我們才能好好的坐在這裡，安靜平和的，吃一頓午餐，或是喝一杯咖啡。

清代詩人袁枚是個非常懂得享受生命的才子，他在七十歲高齡還親手種下一棵小樹苗，興味盎然的等待著小樹長成大樹。這樣的舉動當然引來旁人的訕笑，但他卻有自己的樂觀態度，「古來雖有死，好在不先知」——人的生命都有終結的時候，那些劫難或不幸始終等待著，潛伏著，好在我們都不具有預知的能力。因此，我們才可以安心的吃飯、睡覺、戀愛、工作，日復一日的微笑著或感傷著，迎向每一個黎明。

不僅是不能預知死亡，我們甚至不能預知即將發生的那些幸運或不幸的事。有些人因此而焦慮，到處求神問卜，算姓名筆劃、算生辰八字、紫微斗數、星座血型，每到一年的開始，便會有人到處算流年，想知道這一年會發生什麼事。而我總是意態闌珊的，如果確實有好事，算不算都會發生，不預知才能有驚喜。如果是不幸的事，掛在心上終日惴惴不安，懷憂喪志，又有什麼好處呢？我發現，不能預知，正是上天賜予我們的防護網。

在我開完一個會議之後，坐進車子裡，傾盆大雨嘩啦啦落下來，過街的人有的撐起傘，有的沒有傘可撐，是的，就是這個不可預知的人生，讓我感到幸福。

詩人好望角

栽樹自嘲

七十猶栽樹，旁人莫笑癡。
古來雖有死，好在不先知。

——清・袁枚

已經到了「人生七十古來稀」的年齡，對於未來似乎應該不再計劃，不再期待了。然而，不顧別人的議論與嘲笑，還是欣欣然的種下一棵樹，並等待著它的成長。從古到今所有人都逃不過死亡的命運，幸運的是，我們並無法預知死亡的到來，所以，活著的時候才能怡然自得。

清代性靈派詩人袁枚（西元一七一六～一七九七年），才華出眾，少年時便考上秀才，在科舉道途中還算順遂，擔任過縣令。他率真幽默，不喜束縛，曾作過一幅對聯，就像是他的自畫像：「不做公卿，非無福命皆緣懶；

難成仙佛，吾愛文章又戀花。」充滿自信，而又堅持自我的袁枚，在三十三歲便辭官返家，卜居南京小倉山，修築了美輪美奐的隨園，在其中飲酒交友作詩，度過了五十多年的享樂生活。他年老時收了幾個年輕的女學生，很受衛道人士抨擊，卻全然不以爲意，反覺得是人生的一樁盛事。

他也是個酷愛美食的人，曾著有《隨園食譜》，收羅了十四到十八世紀三百二十六種菜肴飯點，很少有文學大家費心於食譜的撰寫和保存，由此也可見出，袁枚確實熱愛生活中一切的雅俗之事。

袁枚愛書，卻曾有過「散書」的舉動，正好展現了他特殊的價値觀。他小時候因爲家貧無力購書，只好把自己喜歡的文章抄下來，中年之後，他的生活優裕，便能蒐購許多喜愛的書籍，並建起一座「所好軒」藏書樓，享受坐擁書城的樂趣。藏書人愛書如命，是不可能輕易割愛的，袁枚卻在中年以後將一些珍貴的善本書捐獻朝廷，並將大部分的藏書致贈親朋好友，他的想法是，與其去世之後子孫不知珍惜，糟蹋了這些典籍，還不如在他可以作主的時候，爲這些心愛的書找到好主人。

七十之後種樹，與七十之前散書，其實是一體兩面的事，積極樂觀面對生活，而又能灑脫不拘滯，便是袁枚爲我們帶來的人生啓示。

歷經磨難，而能不改初衷

零落成泥輾作塵，只有香如故

小時候我最喜歡去中藥店，有時跟著大人去，有時自己偷偷溜了去。中藥店裡的氣味；爲人把脈的神秘老中醫；櫃台後方整面牆的藥櫃，一方方標誌著奇異的名字：當歸、獨活、桑寄生、防風、女貞子、半夏、白芷、木蝴蝶、使君子……

那些名字都能讀得出來，卻像一則則待解的謎語，究竟是些什麼東西？能夠醫哪些病呢？我也喜歡把下巴擱在櫃台上，看著配藥的過程，一張張褐色的紙攤展開來，一味味藥材從黑暗的櫃子裡取出來，放在紙上集合，有些還需要用杵子搗碎了，叵叵叵，搗藥的聲音規律的響著，最後，變成一包包紮好的藥包，帶回家去。

那時候每個家裡都有個小瓦罐，專門煎藥用的，罐子長期浸在藥汁中，彷彿經歲月打磨，發著深褐色的幽光。「三碗水煎成一碗，小火，慢慢煎。」中醫總是這樣叮嚀，有點像一則人生的譬喻。可是，當人們的時間愈來愈少，誰也沒辦法慢慢煎了。就在我的青年時代，科學中藥出現了，不管是哪種藥材，全部輾成粉，一大包藥材變成了一小包藥粉，仰起頭，喝口水，咕嚕一聲，下肚了。簡單俐落，符合現代人需求。

也是在那段時間，父親的胃病痼疾與母親的更年期症候群，干擾了我們的家庭生活，幾番打探之下，找到一位老中醫，看診的時間不多，但是，看過的人都讚不絕口。父親母親一起去看病，吃了幾個月的藥，確實有很明顯的進步。不久之後，雙方變成了朋友，父母親把老中醫當成長輩，而我則喚他姜爺爺。姜爺爺是北方人，原本是醫藥世家，從小就有承繼衣缽的準備，他跟著爺爺和父親行醫，還要到叔叔的藥材店裡見習，是在藥香裡薰陶長大的孩子。長大之後，他成了親，也做了父親，然而，抗戰發生了，他覺得既然學了醫，就該爲更多人服務，於是，離家入伍。

這一離家，誰知道便再也回不去了，他被俘虜過，也曾經逃亡，只有一件事絕不能丟，那就是，醫人救命。爲了救人，哪怕是躲在山中的日子，也滿山遍野尋找草藥，他覺得自己三番兩次在戰火中倖存，是有使命的，無論如何，不能丟了最初的本心。

來到台灣之後，他的生活並沒有太大起色，住在一間陳舊的小公寓。我和父母去探訪他，總要爬一段窄窄的、陰暗的階梯。他和妻子住在一起，妻子的反應比較魯鈍，據說是被家人棄養的，姜爺爺收留了她，還教她一些簡單的醫術，希望她能有一技之長。行醫賺來的錢，多數都寄回老家去了，那裡還有他的老妻和兩個女兒，聽說她們在文革中，因為他很喫了些苦，姜爺爺提到他的兩個女兒，便要哽咽。

在那些對坐閒聊的午後或夜晚，我最記得姜爺爺說過的話：「天公公是很公平的，他為了照顧窮人的健康，給了我們最好的藥，那就是薑。便宜的薑，窮人都吃得起。」每當我看見薑，就會想到姜爺爺，他的一生正像一塊薑，照顧了許多平凡人與窮苦的人。

想到姜爺爺，便想到陸游詠梅花的詞，有這樣兩句：「零落成泥輾作塵，只有香如故」，正是老醫師的寫照。梅花凋謝了，落進泥土中，被車輪馬蹄踐踏成塵成灰，連形體也消失了，空氣中卻仍能嗅到梅花特有的清香味。

就像一個人在現實中被摧折、被銷磨，卻仍堅持著某些不可改變的初衷，從未妥協讓步。雖然看起來沒有輝煌的成功，卻是令人景仰的典型，鼓舞著對自我懷疑的人們，讓我們確定，自己是值得相信的。

詩人好望角

卜算子

驛外斷橋邊，寂寞開無主，
已是黃昏獨自愁，更著風和雨。
無意苦爭春，一任群芳妒，
零落成泥輾作塵，只有香如故。

宋・陸游

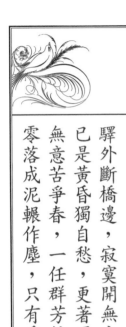

在遠離繁華城市的偏僻車站外，有一道人煙稀少的失修斷橋，橋邊一株野梅開滿了寂寞的花朵。黃昏時分的梅樹看起來如此孤獨，充滿憂愁，它不僅要面對即將到來的黑夜，還要兼受著風吹雨淋。其他的花卉都在費盡心思的爭奇鬥豔，展現嬌姿，這株野梅卻只是安靜的綻放著，全不打算爭奪一點春日的光彩榮耀。當它的花朵落在土地上，被來往的車輛輾過，化爲塵泥，形體已經消失了，空氣中那股芳香的氣味，卻仍長長久久的留存著。

南宋愛國詩人陸游（西元一一二五～一二一〇年），所處的時代正是宋朝南遷，積弱不振，屢屢遭到金人威脅進犯的年代。出生次年，金兵便攻陷了北宋首都汴京，襁褓中的他隨著家人顛沛流離。他的父親陸宰是個具有愛國思想的知識份子，家庭的教育，使陸游從小就有了憂國憂民的情懷，並且立定了殺敵報國的志向。他自幼好學不倦，年僅十二歲便能吟詩作文，他還學劍，鑽研兵書。二十八歲他到京中應考，原本是金榜題名的，卻因爲他主戰的思想強烈，被主和派的當權者秦檜所忌恨，竟將他除名落第。從此，他的仕途始終飽受主和派的攻擊與排擠，只是，在惡劣的環境中，他也從未妥協，從未放棄。

至於詩人的情感生活，也有著衆所周知的韻事，那就是十九歲時迎娶表妹唐琬，兩人濃情蜜意，卻被母親強行拆散。分別後再行嫁娶，卻總是無法忘情，〈釵頭鳳〉、〈沈園〉這些哀惋動人的詩詞，便是因著這段不能圓滿的感情而作的，年輕時的情感創傷，終身無法忘懷。

這闋詞詠的是野梅，卻有著不合時宜的慨嘆與堅持，不願與其他的喧嘩花卉爭豔，只是在偏僻的橋邊安靜的開放零落，保持住一株寒梅的風骨與幽香，豈不也是詩人一生的寫照？

善待陌生人，便是善待自己

四海皆兄弟，誰為行路人

如果我們死去，將會遇見五個人，會是哪五個人呢？想像中應該是和我們的關係最密切的人，一生中花了最多時間相處或糾纏的人。然而，Mitch Albom的著作《在天堂遇見的五個人》中，主角死後遇見的第一個人（其實是第一個靈魂），是全然沒有印象的陌生人，雖然是陌生人，卻對於彼此的生命有著如此巨大的影響，只是當事人竟然全無所知。

因此，作者得出全書的第一個結論：「陌生人，是你遲早會認識的家人」。

很多時候，我們會認爲把善意和情感用在陌生人身上是一種浪費，這些人與我們有什麼關係呢？甚至可能是永遠不會重逢的，我們對他們好，又能得到什麼好處呢？只有在毀滅性的災難來臨時，我們才會忘記那些受苦的同胞是陌生人，我們才會有結結實實感同身受的恐懼與痛苦。

據說恐懼是最有感染力的一種感受，恐懼激發了我們的同情，只是，當那些時刻來臨，雖然我們可以同情，可以施以援手，卻已經不能爲他們做什麼了。

在旅途中，特別能夠感受到陌生人的善意是如此重要。有一年秋天，去輕井澤自助旅行，騎著腳踏車四處晃蕩，天黑之後，在森林裡迷路，回不了民宿，又冷又害怕。星星懸在夜空裡，一顆顆又亮又大，卻無法指引我們的歸途。

在我們亂闖亂撞半個多小時之後，終於遇見一位好心的家庭主婦，她開了庭院的燈，努力爲我們指引方向，可惜我們還是不能明白，發現溝通無效之後，她教我們等一等，索性到車庫開出了賓士車，爲我們引路。漆黑的路途中，空無一人，我們跟隨著車燈的紅光，終於安全回到民宿。日本太太細心的待在車子裡，確定我們可以進門之後，才開車離去。這樣的守護，不正像是一個母親對待自己的孩子嗎？而我們確實是素昧平生的啊。

當我騎著車跟著轎車的燈光，聽著冷風在耳邊呼嘯，忽然想起幾年前，在士林捷運站前，遇見向我們問路的一家三口日本遊客，他們問故宮博物院要從哪裡走？我們爲他們指出了方向，看著他們往前方去了。

上了車之後，我問朋友：「他們要走多久啊？這麼熱的天，起碼四十幾分鐘吧？說不定還會迷路……」話還沒說完，朋友已經扭轉了方向盤去追他們了，這一耽誤，我們看電影必然趕不上了，可是，稍稍耽誤一下，又有什麼關係呢？

我們把車停在他們身邊，請他們上車，表示要送他們去博物院。他們深深鞠躬的樣子，一直留在我的記憶中。後來，我們用同樣的姿勢，在輕井澤的夜晚，向領路的日本太太致謝。

古老的漢朝有這樣兩句詩，這其實也是我們一向熟悉的兩句話：「四海皆兄弟，誰為行路人。」若是能夠把普天之下的人都看作自己的手足兄弟，還會有不相干的陌生人嗎？沒有陌生人的世界，將是多麼溫暖與和諧的美好境界。

人生其實也是一種更長途的旅行，我們從這裡去到那裡，從年少去到年老，從獲得變為失去，是一個不斷驛動，不斷更改的歷程。善待陌生人，雖然不會立即得到回報，然而，這種善的輪迴已經成形，終有一天，我們會在其中被保護，被帶領。又或者，在陌生人彼此扶持，互相幫助的地方，才是天堂。

詩人好望角

別詩

骨肉緣枝葉，結交亦相因。
四海皆兄弟，誰爲行路人？
況我連枝樹，與子同一身。
昔爲鴛與鴦，今爲參與辰。
昔者長相近，邈若胡與秦。
惟念當乖離，恩情日以新。
鹿鳴思野草，可以喻嘉賓。
我有一尊酒，欲以贈遠人，
願子留斟酌，敘此平生親。

——漢・佚名

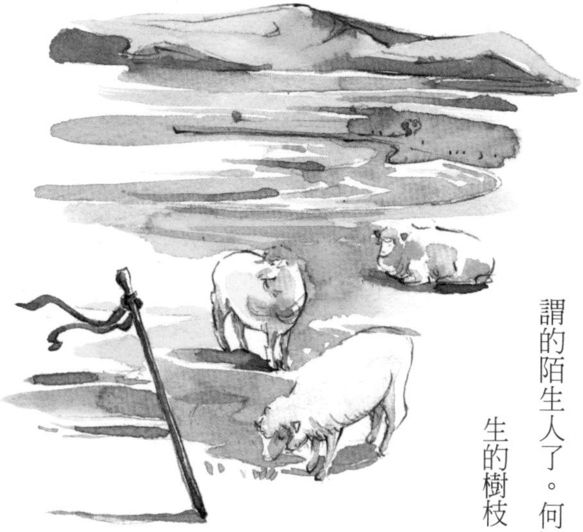

兄弟骨肉天生相親，就像是葉子是從樹枝中生出來的一樣；眞心結交的朋友，也像是親生兄弟一樣的親愛。《論語》裡有這樣的話：「四海之內，皆爲兄弟」，因此，茫茫人海中我們與每個人都是親人，也就沒有所謂的陌生人了。何況我與你的感情，本來就如同相連而生的樹枝，是密不可分的。

過去的我們，就像是鴛鳥和鴦鳥一樣，同進同出；如今的我們，卻像是西方的參星和東方的辰星，出沒都無法相見。曾經我們總是常常親近，現在卻要遠遠相隔，如同西域與中國一般遙不可及。想到即將到來的別離，情誼更加不同，比往昔更深。

《詩經》的〈鹿鳴〉篇說鹿在原野中看見芳美的野草，便會呼喚同類前來共享，這正像是與嘉賓分享的心情。我有一罇酒，想要送給即將遠行出發的朋友，希望多停留一會兒，讓我們好好暢敘這一份親愛的情感。

這首漢代的詩，並未標明創作者，卻有傳說這是蘇武寫給李陵的離別詩。蘇武牧羊與李陵敗降的故事，是歷史上著名的傳奇。蘇武與李陵原為舊識，又同在武帝朝中為官，蘇武曾出使匈奴，卻因為屬下意圖綁架單于之母，事跡敗露而遭牽連。蘇武引咎自殺未遂，單于對他的氣節卻很欣賞，想辦法勸降。蘇武曾被幽禁於大窖中，不給飲食，他只得以冰雪和旃毛充饑，仍不屈服。單于又將他遠徙到北海牧羊，北海是現在的西伯利亞貝爾加湖（Lake Baikal），歷盡折磨艱苦。直到十九年後，漢昭帝與匈奴和親，要求釋放漢使，蘇武等人才有機會重回家鄉。

李陵是名將李廣的孫子，天生的將才，禮賢下士，深受士卒愛戴。他曾以三千兵卒鏖戰匈奴三萬大軍，彈盡援絕的狀況下，只要他振臂一呼，滿面被血的兵士，也爬起來奮勇應戰，可惜，終因寡不敵衆而遭俘虜。漢武帝聽說李陵兵敗被俘，可能會投降，便殺死了他的母親、弟弟和妻子。單于爲了勸降，將自己的女兒許配李陵，親人遭戮的消息傳來，有家歸不得，痛心而無奈的李陵，只得投降了。

蘇武的不降與李陵的敗降，各有不同立場，卻成爲兩種典型。單于勸降蘇武時，據說曾經請李陵當說客，老友相逢，百味雜陳，然而，既然已經做了選擇，便是截然不同的兩種人生。當蘇武終於可以返回漢家，李陵置酒道賀也是餞別，離情愁緒，難以排遣，這一分別，勢必永難重逢了。有傳說他們道別之際，賦得別離詩數首，皆情眞意切，令人動容。

然而，後代學者考證歷歷，指出這些詩並不是這兩位傳奇人物的作品，而是一些無名詩人的傑作，不管作者是誰，都展現出漢代五言古詩樸實懇切的藝術光芒。

選擇怎樣的環境，便決定了怎樣的心境

依賢義不恐，近暴自當窮

在我的第一本小說集《海水正藍》發行二十週年時，我參加了一場座談會，談創作歷程，也談對生活的想法與價值觀。這二十年來，我從一個校園裡喜愛創作的女學生，變成一個被許多讀者熟識的作家，也從當年的迷茫惶恐，蛻變爲知道自己的追求與理念的人。有一個關注我好多年的讀者，提出一個問題，她說我前些年曾經演過舞台劇，主持過電視節目，還拍過廣告，爲什麼現在很少看見我在媒體上的活動呢？

這使我回想到剛剛因爲創作而成名的自己，起先因爲忽然受到注意，感到惶然不安，戰戰兢兢，過了一段時間，我發現這些並不會改變我的生活。我依然可以做著自己喜歡的教學工作，在很多時候，人們閱讀著我的書，卻不認識我，我可以在書店裡，靠近正在讀我的書的人，假裝不經意的站在他們身邊，和他們一起閱讀一段自己的文字，再慢慢地走開。

過了幾年，我發現自己有些蠢蠢欲動，很想嘗試一些新鮮有趣的事，像是廣播、電視、舞台劇和廣告，等等。那時候的傳播媒體有各種類型的藝人，恰巧比較缺乏創作者和文學性格的面孔，我的旺盛好奇心和專注的投入，使我在短短兩年之內，嘗試了各種傳媒的可能性。

如果一個創作者應該要多方體驗，那確實是很好的體驗；如果一個創作者，要有更多曝光的機會，那確實是有很多的機會，可是，我很快的就面臨到面對自己的課題。在這個純粹提供娛樂與消費的環境中，我做的事是重要的嗎？能夠帶給人們的又是什麼呢？當我走在路上被人指指點點，當成一個名人來看，不管他們是否品頭論足，善意或惡意，都讓我不自在。於是，我明白了自己，並不是一個喜歡聚集衆人眼光與注意力的人。

我發現一個比較單純安靜的環境，才是我眞正渴望的擁有。一點孤獨，很多安靜，對於創作是絕對有益的，對我的人生更加有益。於是我選擇了校園這個看起來相對單純的環境，在這裡思考、閱讀，與年輕的學生分享專業知識與對人生的理解，歲月無聲流逝，我感覺到內在的豐盈與踏實。

魏晉時代的詩人傅玄，曾提出過「近朱者赤，近墨者黑」的觀點，認爲我們居處的環境，對於我們的行爲與想法，有著決定性的影響。他也有「依賢義不恐，近暴自當窮」兩句詩，靠近賢明的人，就不會常常覺得惶恐無依；而接近暴戾的環境，自然會感到困窘，遭到災殃。因此，傅玄主張人應該依賢遠暴。

暴戾的環境，不只是言語和行動的暴躁不安，有時候暴起暴落，競爭激烈的場所，也會帶給我們很大的壓力與身心負擔。當我們年輕的時候，充滿衝勁，勇於挑戰，便想要挑選競爭激烈，淘汰率高，所得也高的環境來打拚，總覺得在那樣的高壓之下，人的潛力才能發揮得淋漓盡致。

然而，在科技文明高度發展，商業機制極度擴充的情況下，人的價值被機械所取代，人的貢獻漸漸微不足道，許

多文明病因此產生，我們都被無形的壓力箝住，不能呼吸，失去自我。我們也變得短視近利，不再用眞心與旁人相交，我們隨時處於警戒狀態，擔心背叛，無法放鬆，不能休息。因此，急流勇退是很重要的智慧，能夠選擇眞正適合自己的環境，自然能擁有平和愉悅的心境。

詩人好望角

雜詩——三首之三

鵲巢丘城側，雀乳空井中。
居不附龍鳳，常畏蛇與蟲。
依賢義不恐，近暴自當窮。

晉・傅玄

喜鵲將窠巢築在城牆側邊，麻雀則將乳鳥飼養在枯旱的井中。牠們在選擇住所的時候，並沒有依附著龍與鳳這類高貴的動物，因此常常得擔心受到蛇或毒蟲的侵襲傷害。這些小動物帶給我們的啓示便是，依附賢明的人，能讓我們感覺踏實安穩，不用恐懼憂惶；接近殘暴的人，卻會令我們遭遇困厄的窘境。

傅玄（約西元二一七～二七八年），是晉初名臣，雖然出身較寒微，在政治上卻有許多開明思想，也針對時弊多所諫議，歷史上對他的記載是「性剛勁亮直」，「使台閣生風，貴戚斂手」。這位正人君子也是辭賦的重要作家，一生共作賦五十六篇，現今仍留存四十二篇，這不僅在西晉，甚至在整個辭賦史上都是非常罕見的。

傅玄的辭賦不但數量衆多，而且題材也相當多樣化。漢代辭賦多限於宮廷苑囿、玄思怨情、征戍行旅等，比較狹窄的領域，從張衡、蔡邕、王粲、曹植等人開始，題材乃漸擴大範圍，並且愈來愈世俗化。而傅玄的辭賦創作，更把這種世俗化的趨勢推向極致，題材囊括了節候、動物、植物、樂器、珍寶、情志、行役戰爭、都市朝會等，涉及到日常生活與事物的各方面。

傅玄特別注重環境對於人心的安定與性格的養成，有著密切關係。他曾在《太子少傅箴》中提出「故近朱者赤，近墨者黑；聲和則響清，形正則影直」的觀念。這首詩則是用日常生活中容易看見的鳥雀作爲例子，在清淺的譬喻中，再度闡述了環境對於人品質的影響。

孟母三遷的故事，就是落實在生活中的最佳例證。孟母不厭其煩的一再搬遷，最後終於安頓在一所書院旁，看著小孟軻天天跟著學堂裡的孩子學念書，而不再是學人出殯或是學人屠宰。孟母雖然不能教孟子讀書，卻爲兒子做出了正確的選擇。一個人倘若在環境的選擇中很謹慎，便也會謹慎的選擇交友，選擇人生目標與生活方式，不隨波逐流，自然就能化險爲夷，趨吉避凶。這是一種人生的智慧，也是千古不變的道理。

不必與人爭競，自己才是對手

賢的是他，愚的是我，爭什麼？

桂姐是我很喜歡的一個女人，她有爽颯的一面，也有嫵媚的一面，我注意到當她開口說話，其他的女人都安靜下來聆聽，而她確實也能說出一些新穎而精闢的見解。她已經快五十歲了，皮膚依然緊繃細緻，髮色染成柔和的淡咖啡色，喜歡穿淺色的衣裳，舉止也很輕盈，特別愛笑，笑起來如同陽光溫煦。

我聽說她從年輕時便經歷過一些艱困，聽說她先生做生意失敗，負債累累，她還做過幾年早餐店，相當操勞。直到先生幫別人做事，漸漸把債還清了，才能鬆一口氣。然而，對於生活種種，她永遠沒有抱怨，只是心滿意足的感謝。

那一天，她問我要去哪裡，說她可以順道載我一程。我猜想她有事想對我說，便上了她的車。我們閒聊了幾句，她忽然問我：「在這個世界上，如果我們設定了一個人爲對手，就會一輩子把他當對手嗎？」我說我不太明白，因爲我沒設定過任何人爲對手，我是個懶惰的人，無意與人爭競，所以，沒想過對手這種事。她忽然笑起來：「妳沒設定對手，可是，也許有人把妳設定爲對手啊。」

桂姐說她從少女時代就遇見一個朋友，是個聰明美麗的女孩，她們的出身與背景都類似，站在一起別人都稱讚「好一對姐妹花」。那時候成衣不多，桂姐常自己設計了洋裝或裙子，請裁縫店做，過不了幾天，朋友也穿上款式近似的衣服，桂姐認爲這是她們交情好的表現，從沒放在心上。桂姐一直當她是最好的朋友，並以爲她們一生都會是最好的朋友。

後來，學校選拔多才多藝模範生，比賽項目有演講、彈鋼琴、美姿美儀等等，桂姐脫穎而出，獲得殊榮。同學們都來恭喜她，那個好朋友卻直問到她臉上：「爲什麼會是妳？爲什麼妳是模範生？」桂姐怔住了，不能回答，她知道朋友眞正的意思：「我才該是模範生，我哪裡比不上妳？」從那次之後她們竟形同陌路了。桂姐覺得很可惜，好多次向朋友示好，但，對方總是冷若冰霜，彷彿是桂姐做了對不起她的事。

畢業以後，她們各自經歷人生，好友嫁了很不錯的先生，是個小開，前些年完全接掌家族企業。她宴請昔日同窗，只略過了桂姐，然而席間卻不斷打聽桂姐的狀況，問她嫁了什麼人？生了幾個小孩？住在怎樣的房子裡？夫妻感情好嗎？模樣是不是變了很多？大家起鬨，既然這麼想念，為什麼不辦個同學會，見個面好好聊聊？好友也表示可以辦個同學會啊，有個同學正好帶著大家合拍的近照，便拿出來給好友看。好友一見到照片裡的桂姐臉色大變：「她怎麼會這麼瘦？」接著，她馬上說不想見面了，這麼多年沒見，沒話好說了。

桂姐說她的清瘦是因為胃病動了手術，不料這也能引發好友的爭競之心。對她來說，現在最可貴的事，就是能挽著先生的手，黃昏時分在河堤上散散步。多才多藝又如何？模範生又如何？

我想到元代名劇作家關漢卿的句子：「賢的是他，愚的是我，爭什麼？」這是一種通達的人生觀，每個人的賢與愚是無從比較的，也不需要比較的。

既然是不同的人，便在不同的起跑點上，在不同的平台上，要如何做出公平的比較？每個人自有長短，自有優缺點，遺憾的是，我們從小就被要求和那些最傑出的人比較：「某某可以做得到，為什麼你不可以？」於是，我們不知不覺以某某為目標，就像是套了一個牢籠在自己頭上，我們無法以讚賞的眼光，看待別人的表現與擁有，我們只是不斷的，忿忿然的想著：「為什麼不是我？」既然不能欣賞他人，把他人的優點都看作是自己的損失，還會有快樂嗎？

「某某可以做得到，為什麼你不可以？」下次有人這麼質疑，我們應該回答：「因為我不是某某，我就是我。」我真的覺得把別人當成對手是很愚蠢的事，我們真正的、永恆的對手，其實是自己。我們可以要求自己進步，要求自己成長，不是與他人比較，而是與自己爭競，只要與昨日的自我不同，便值得慶幸，應該獎賞。

詩人好望角

四塊玉

南畝耕，東山臥，世態人情經歷多。
閒將往事思量過，
賢的是他，愚的是我，爭什麼？

——元・關漢卿

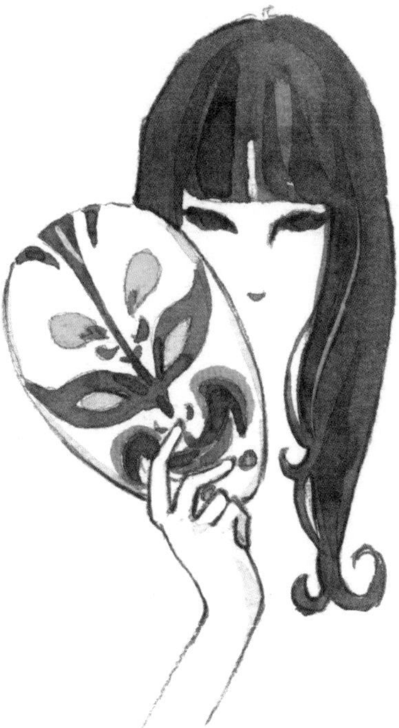

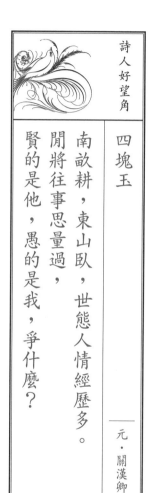

在南邊的田畝中耕作，疲累了就在東邊的山坡上休憩，世間的人情世故已經歷鍊得夠多了。閒來無事的時候，也會把過往的事仔細回想一遍，發現那些有成就的人，確實是比較有才能的人，而我自己卻是個平凡庸愚的人啊。既然如此，就該安於現狀了，還有什麼好爭的呢？

元代的關漢卿（約西元一二二〇～約一三〇〇）是個風流倜儻的劇作家，他雖然身處於知識份子很難施展抱負的元朝，卻把自己的才華表現在藝術創作上，散發出永恆的光芒。關漢卿多半的時間都在歌樓劇場中，他最好的朋友就是妓女和優伶，他理解這些人的心情，也融入他們的生活。他甚至在舞台上粉墨演出，自得其樂，他卸下了知識份子的外衣，披上五彩戲衫，獲得的反而更多。他是文學史上劇本創作量最大的藝術家，像是《趙盼兒風月救風塵》、《感天動地竇娥冤》等等都是相當著名的，《竇娥冤》在一八三五年時便有了法國譯本，堪稱爲國際級的作家。

時至今日，關漢卿的非凡成就已毋庸置疑，然而，在當時他只是個懷才不遇，浪跡風月場中的浪子。於是，在這首小令中，關漢卿用了諸葛亮的「南畝」和謝安隱居時的「東山」作爲譬喻，這些賢相在隱居時過的生活，也就是他此刻過的生活，然而，他卻不一定能變成這些成功者。每個人都有自己的才賦，也都有自己的道路，其實是毋須比較，也不必自傷自嘆的。我們從關漢卿豁達的自嘲中，也更瞭解了自己。

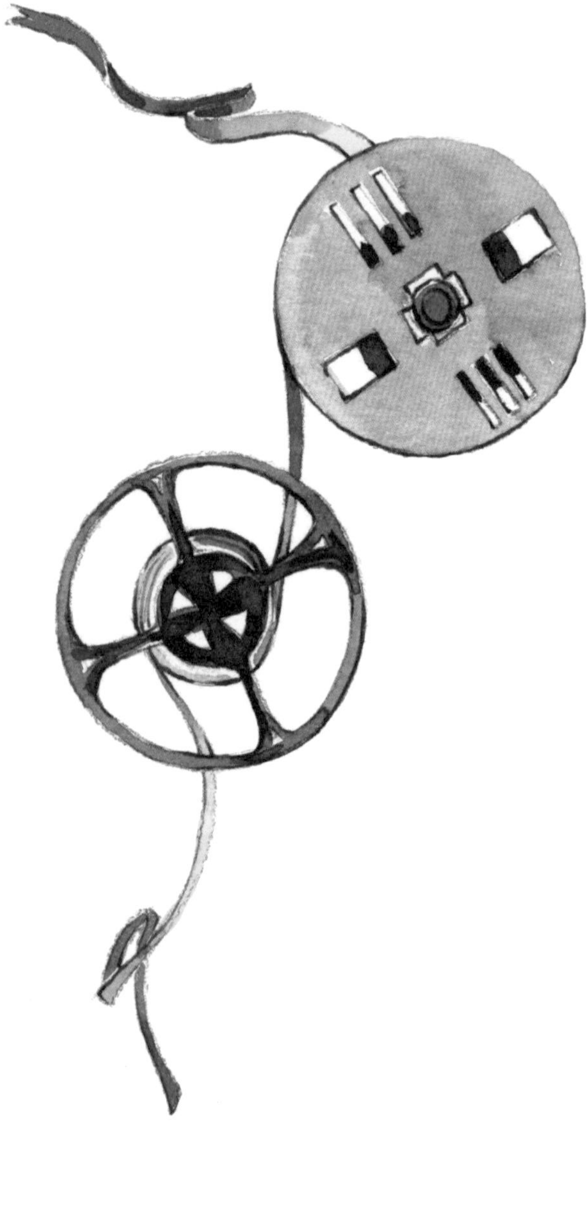

不可輕視年輕人，他們主宰了明日世界

宣父猶能畏後生，丈夫未可輕年少

朋友在一個基金會工作，最近需要應徵新血，她每天要面試好幾次，發現要挑到一個各方面條件都符合的人，原來並不容易。都說人浮於事，看起來事也浮於人呢。

那天，朋友說起她在面試年輕人的種種心得感想，提到一個條件都還滿不錯的應徵者，她後來並沒有錄取她。「爲什麼不錄取她？」我問：「她有什麼問題嗎？」

朋友想了想：「她沒有什麼問題，只是……太年輕了。她才只有二十歲呢！」

我愣了一下，然後問朋友：「妳當年出來工作的時候幾歲？」

朋友回想一下：「二十一歲了。」我們倆都沉默片刻，她笑了起來：「好吧好吧，我再想想看。」

當我們年齡漸長，就忘記了年輕時的事了嗎？忘記了年輕時的我們是多麼胸懷壯志，充滿迎接挑戰的勇氣，那時候，除了經驗之外，我們什麼都不缺乏，不怕吃苦，不怕挫折，覺得沒什麼是難得倒我們的。那時候如果知道有人因爲我們太年輕而不給我們機會，肯定會覺得太不公平了。

年輕，常常會成爲一種障礙，這是很奇怪的事。

多年前，我在一個廣播電台做深夜的廣播節目，爲了讓節目更多樣化、更特別，便與正在紐約攻讀學位的一個朋友合作，每個禮拜由他來主持十五分鐘的單元，介紹國外的娛樂演藝事件和人物。

紐約朋友並沒有做廣播的經驗，要尋找錄音室，配合錄音時間，還要將帶子寄回台北，確實有種種麻煩。我只想著該怎麼解決這些問題，讓事情更順利，製作人卻反應冷淡，她的說法是：「我們這是給他機會啊，他要自己想辦法

嘛！」

這是我第一次聽見「給機會」這種說法，第一次見識到這種高姿態。心裡其實滿震撼的，講這句話的人彷彿是個造物主一樣的，高高在上。卻忘記了她最初入行的時候，也是個新人，也需要許多的學習和協助。

我後來常聽見這樣的說法，許多行業，對於新入行的人，都有種冷眼旁觀甚或是雞蛋裡挑骨頭的姿態，「做得好是應該，沒做好是你活該」。

眞正通達人情世故的人，都應該知道，年輕人未經琢磨雕塑，是潛力無限的。就像李白的詩句：「宣父猶能畏後生，丈夫未可輕年少。」連被尊稱爲至聖先師的孔夫子，都曾經說過「後生可畏」這句話，一般人更不應該輕視年輕人的。年輕人的「可畏」，正因爲他們的「無所畏」，時代愈進步，他們的成長環境愈開放，他們的眼界也更寬闊。

正像是紀伯侖在《先知》中關於「孩子」的想法：

「你可以供他們的身體以安居之所，卻不可錮範他

們的靈魂，因爲他們的靈魂居住的明日之屋，甚至在你夢中你亦無法探訪。」

前行者自以爲的成就輝煌，也不過是給後繼者提供了一個暫時安居的場所，後繼者終要走出自己的格局，走入明日世界。我喜歡親近年輕人，希望能從窗口窺見未來的樣貌。那可能是陌生的，充滿想像，無限驚喜的一個新世界。

總是覺得自己是在「給機會」，其實是可悲的，因爲他們只在給予，卻沒有收穫，已經關上了互通有無的那扇門。如果我們不只是在給機會，也能夠從新人的身上找回我們的熱情勇氣和活力，以及對未來的想像，我們的獲得將會更多。

詩人好望角

上李邕

大鵬一日同風起，扶搖直上九萬里。
假令風歇時下來，猶能簸卻滄溟水。
時人見我恆殊調，聞余大言皆冷笑。
宣父猶能畏後生，丈夫未可輕年少。

——唐・李白

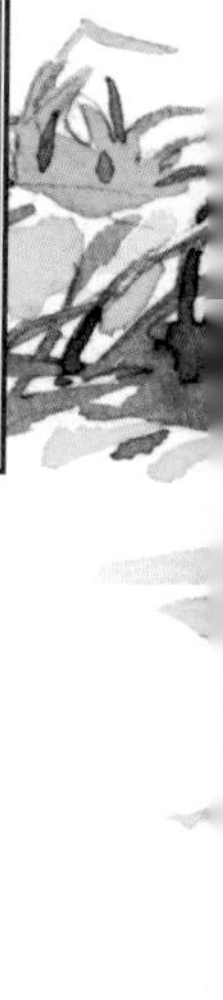

年輕的我就如同是大鵬鳥一般，揚起翅膀等待著風，當風吹起便可振翅高飛，直接衝上九霄雲外的萬里青天。若大風停歇止息，我降落而下，也能將滄海顛倒過來，激揚起劇烈波濤。一般人看見的，都是我與世俗不同的論調和觀點，聽見我說出的充滿自信的話語，不僅不贊同，還發出陣陣冷笑。連孔子這樣的聖人，也曾說過「後生可畏」的話，你們可千萬不要渺視年輕人啊。

唐代詩仙李白（西元七〇一～七六二年）少年時代就「觀奇書」，「遊神仙」，「好劍術」，有多方面的才能和興趣，他的狂傲正是因為他的才華無匹。二十五歲那年李白離開了故鄉蜀地，開始了一生的浪遊與經歷。因為對於道家與神仙術的愛好，他不只一次在詩中以「大鵬」來自喻，想來是深受莊子影響的。這隻大鵬鳥等待的是「風」，也就是一個從政的機會，一個施展抱負，實現理想的機會。

他在長安城裡遇見名詩人賀知章，這位前輩詩人盛讚他為「天上謫仙人」，並且薦於唐明皇，唐明皇欣賞李白的詩才，將他留在身邊為「待詔」。李白終於有機會步上青雲，卻只是陪同君王貴妃飲酒賦詩而已，並不能真正有所作為。在長安城的三年，看似風光無限，詩人心中卻更加抑鬱，日日以酒澆愁。

他是隻等待摶雲而上的飛鵬，雖然在金籠中踱步，卻也在無意中給了另一隻鵬鳥清涼的風。傳說他行過長安城中，曾遇見一個被綁縛著的年輕人，氣宇軒昂，卻因爲犯了事將被處決，李白以當時的影響力爲年輕人贖身，救他一命。這個年輕人發憤進取，成爲一代名將，便是平定安史之亂的郭子儀。多年後李白因一次政治事件，差點丟了性命，也是因郭子儀的搭救而能化險爲夷。這個故事不僅傳爲千古佳話，更再次印證了李白所謂的「丈夫未可輕年少」。

方向掌握在自己手上，不輕易受人影響

兩岸猿聲啼不住，輕舟已過萬重山

那天，陪一位朋友出席他們公司新任董事長辦的Party，其實是我主動要求要去的，因爲我知道這位董事長是個女性。這位女性當年半工半讀完成學業，結了婚，生了孩子，與先生一起在公司裡上班，是人人稱羨的神仙眷屬。國外總公司老闆親自來台灣的分公司挑選儲備幹部赴歐洲受訓，她和先生都在候選人名單上，大家都以爲是她先生雀屏中選，沒想到大老闆挑中的是她。大家便以爲她會退讓給先生，誰知道她和先生討論，取得共識之後，竟然眞的準備到國外去受訓了，這一去至少三年。

那時候，一個孩子五歲，另一個才只有三歲。這個女人在衆目睽睽下，上演了「拋夫棄子」的戲碼，與先生協調之後，果然眞的遠渡重洋而去。這樣的故事實在挺特別，我爲了這個，削尖了頭也想見見她。

我更想見到的其實是她的先生，一個男人竟有這樣的自信與氣度，支持一個看起來能力比自己還要強的女人，這個女人還是他的妻子，確實不容易。這女人若是他的母親或姐妹或女

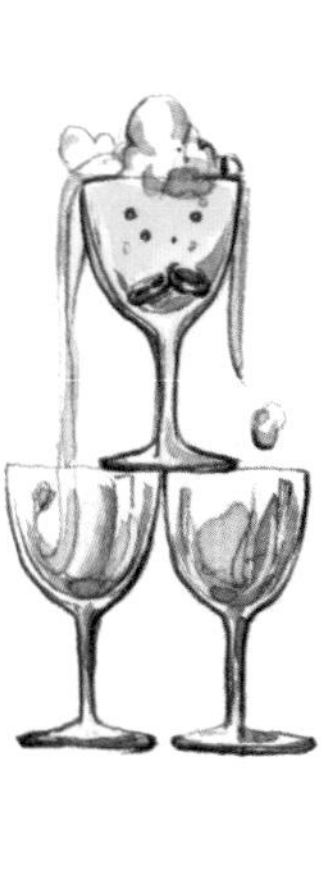

兒，就容易得太多了。

先生為什麼常把妻子當成競爭對手，而不是生命共同體？到現在仍是個謎。

這對夫妻當時的決定，可想而知激起多大的漣漪。婆家是堅決反對的立場，絕無妥協餘地的，他們對於媳婦竟然和兒子競爭，早就忍無可忍了，這在他們看來是違反婦德的行為，根本就是個叛徒，已經構成離婚的條件了。他們甚至覺得兒子太過軟弱才是造成妻權高漲的原因，也給兒子增加了許多壓力。

她的先生當年有一段很經典的話：「生孩子是我做不來的，只好偏勞妳。帶孩子應該沒有那麼困難，我來就可以了。」

結果，媽媽一出門，原本幫忙帶小孩的奶奶和姑姑立即自動退出，甚至請他們父子三人自己搬出去住，想用這個絕境逼得海外的媽媽知難而退。做爸爸的帶著小孩去岳家求助，想不到岳家也指責女兒沒有盡到妻子和母親的責任，周遭所有朋友議論紛紛，沒人願意伸出援手，很多人都力勸妻子放棄，不斷以家庭和婚姻的重要來恫嚇她。先生不想讓太太知道自己面對的困境，牙一咬，一個人全擔下來了。海外的太太也沒讓先生失望，回來之後一帆風順，在業界做得有聲有色。

最特別的是，在妻子受訓歸國之後，先生馬上辭去原來公司的工作，避免和妻子在同一間公司，爲的是消除許多人情關說與猜忌。他換了一個行業，做得也踏實愉快。別人問他是否爲妻子做了很多犧牲，這個先生回答：「我沒有犧牲，只是成全她，因爲我知道她做得到。」

去到Party才知道，那天也是他們兩夫妻的結婚二十週年紀念日，在衆人環繞之下，先生深情的親吻太太臉頰，四周響起一片掌聲。掌聲如同潮水般泛漫開來，現場好多女性都感動得淚水盈眶。

我忽然想到李白那兩句詩：「兩岸猿聲啼不住，輕舟已過萬重山。」很多時候，我們其實明白自己的追求與夢想，卻因爲太在意別人的意見，太在意別人的想法，於是，緩慢了腳步，或者根本不敢去試。然而，不管是哪一個「別人」，都只是別的人，不是自己，並沒有足夠的權威性，能爲我們的生命做選擇。爲生命做抉擇，也爲生命做承擔，說到底都只有我們自己，何不更積極的面對每個機會？

就像是行船在水上，只有水測得出舟的重量；只有舟感覺到水的迅捷，人在輕舟上，已過萬重山。猿猴在兩岸喧囂，或激情或低婉，都只不過是人生的配樂，如同風過耳。

詩人好望角

早發白帝城

朝辭白帝彩雲間，千里江陵一日還。
兩岸猿聲啼不住，輕舟已過萬重山。

——唐・李白

早起告別了高處的白帝城，這城在晨光彩雲之間煥發著，正像是即將出發的心情。一路順著長江往下游去，雖有千里之遙，然而速度很快，一整天便可以回到家了。沿途的景致無法細看，卻不斷聽見猿猴的啼叫聲，像是催促，又像是配樂一般，而這輕快的小船，已經穿越了重重疊疊的山岳。

李白的祖先、籍貫與身世相當複雜，眾說紛紜，充滿神秘色彩。有一種說法，說是他的先人有犯了罪的，因此，才華蓋世的李白雖然胸懷壯志，卻從來沒有參加過科舉考試，這是相當不尋常的事。唐朝的科舉制度，是拔擢人才最公開的管道，也是文人晉身的不二法門，然而，參加科舉必須實報身家以供查核，或許正是這個原因，使他失去了公平競爭的機會。

他曾有三年在長安城供奉翰林的經歷，應該也是絕佳機會，可是，李白不甘心只作爲娛樂皇家的宮廷詩人，他的恃才傲物與放浪形骸，引起皇親權臣的側目，使得唐明皇終於做出「賜金放還」的決定，送給李白一筆錢，讓他離開了宮廷。自此，李白過著落魄潦倒的生活，他常常買醉，卻連酒錢也付不出來。他的心中被悲哀的情緒充滿，無可奈何。

十年之後，爆發了安史之亂，明皇倉皇走避蜀地，天下無主，李白也避居廬山，那一年，他已經五十五歲了。永王璘在混亂中起兵，想要一統天下，他久仰李白才情，召爲幕僚，這是李白一生最後的大展身手的機會，他接受了邀請。然而，永王璘最終還是失敗了，李白因此獲罪判處死刑，幸得郭子儀相救，便流放夜郎，走到巫山時，忽然接獲赦書放歸。五十九歲的詩人喜出望外，覺得人生的道途也驟然輕快開闊起來，便寫下這首詩。

綜觀詩人的一生，常是不被理解，不受欣賞，多得讒言排擠的，他的藝術生命卻仰之彌高，成爲一種典型，永恆不朽。

發現自己的獨特，肯定存在的價值

天生我材必有用，千金散盡還復來

很小很小的時候，初初來到這個世界，我們都希望被看見。所以，嬰孩會嚎啕大哭，尖聲大叫，都是為了引人注意。可是，成長到某一個階段，我們忽然希望自己變成一個隱形人，希望不被注意。

一個少女，常常又會比一個少男更容易隱形。

女孩子因為乖巧聽話而隱形了；因為缺乏自信的沉默而隱形了，女孩子的活動力比較小，佔用的空間也比較小，確實是很容易隱形的。男孩子大剌剌的行動與性格，使他們比較容易引起注意。一個人要隱形並不困難，只要周遭的人沒有注意到他的需求或存在，他就已經是隱形的了。

在看電影《超人特攻隊》的時候，我特別注意到超人家庭裡那個可以隱形的少女小倩。不管在家裡或是在學校，她總是忽隱忽現，多半的時候也不出聲。

小倩是長女，下面還有兩個弟弟，她顯然是不太需要操

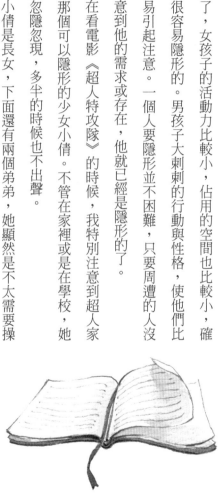

心的那一個。所以，搞隱形就是她的拿手把戲，吃飯的時候隱形，在喜歡的男孩子面前隱形，也把自己的情緒都隱形。她的造型如同一般叛逆少女，長長的濃密黑髮有一半披在臉上，只露出一隻大眼睛。她其實是有超能力的，她和全家人都擁有超能力，只是因爲他們必須隱藏超人的身份，所以不能顯示出來，這是抑鬱的，被壓抑的她當然不是個快樂的女孩。

這狀況在超人父親遇到危險時，終於有了改變，家人的危機，也是轉機。小倩和母親與弟弟展開營救行動，她穿上專門爲她設計的少女超人裝，戴上超人眼罩，就在那一刻，她找到了一種身份，找到自己。

於是，她開始發揮超能力，她更純熟的運用隱形術與敵人作戰，她能夠發射防護罩保護自己和家人，她愈來愈有信心。父親發現她的改變，是她終於把長髮撥到耳朵後面去，露出整張光潔的臉蛋。外表的改變是顯然易見的，內在的改變，卻更爲強大。

小倩和家人的關係更親密，她不再畏怯，不再躲藏，能夠坦然面對自己偷偷喜歡的男孩子，並且主動邀約。她的美麗，她的魅力，自此展現出來。

李白在〈將進酒〉中的「天生我材必有用，千金散盡還復來」，是我很喜歡的人生態度。每一個生命都是獨一無二的，我們生而擁有一些特別的才能，只是自己沒有察覺，別人也沒有發現。一旦發現了自己的內在所蘊藏的寶藏，我們就會變成一個全然不同的人。

當我們懂得運用並且發揮這種才能，便會替自己創造源源不絕的資源與機會。這兩句詩是互為因果的，若不能發揮所長，千金散盡就「還『不』來」，而非「還『復』來」了。

看著小倩的故事，我不禁想到少女的自己，也是那麼孤獨、那麼隔絕的包裹在迷失的繭中，宛如隱形。直到有一天，無意之中，我發現了自己比別人有更敏銳的觀察，我總能洞悉那些隱藏的關係，那些隱密的細節，我彷彿有預知能力，許多事被我一一說中了。其實，我只是在事情還在發展中，便已經觀察體認出來了。

另一項是說故事的能力，當我開始說故事，衆人皆安靜聆聽，就從那一天開始，我找到了發射防護罩的能力，再也不是隱形少女了。這些看起來並不起眼的能力，也讓我日後成爲一個作家，爲我的生命塑形。

我相信每個人多多少少都有點與衆不同的能力，只是很多人終其一生都沒有發現，只好隱形一生一世，永遠無法肯定自我的價值。

詩人好望角

將進酒

——唐・李白

君不見、黃河之水天上來，奔流到海不復回？
君不見、高堂明鏡悲白髮，朝如青絲暮成雪？
人生得意須盡歡，莫使金樽空對月；
天生我材必有用，千金散盡還復來。
烹羊宰牛且爲樂，會須一飲三百杯。
岑夫子，丹丘生，將進酒，杯莫停。
與君歌一曲，請君爲我傾耳聽。
鐘鼓饌玉不足貴，但願長醉不願醒。
古來聖賢皆寂寞，唯有飲者留其名！
陳王昔時宴平樂，斗酒十千恣歡謔。
主人何爲言少錢？徑須沽取對君酌！
五花馬，千金裘，
呼兒將出換美酒，與爾同銷萬古愁。

你看見嗎？那浩浩湯湯的黃河之水，彷彿是從天上落下的，就這麼一路奔流著，直入大海，再不回頭。你看見嗎？廳堂上高懸著明亮的鏡子，映照出令人心驚的白髮，這髮絲早晨還是烏黑的，到了黃昏竟然就白如霜雪了。人生既是如此短暫，得意時就該盡情享受歡樂，千萬不要讓黃金酒杯空著，在這明月正好的夜晚。每個人天生都具有特殊的才華，這才華必然會有可用之處；千金財富也不用積存著，散盡之後，自然還能重回身邊。烹煮一隻羊，宰殺一頭牛，爲的都是這場歡宴，瞬間便要痛快的豪飲三百杯酒。

親愛的朋友岑勛！親愛的朋友元丹丘！多喝點酒，一杯酒接一杯，別讓你們的酒杯停下來啊！我來爲你們高歌一首，請你們也爲我安靜的聆聽。富貴人家吃飯時鳴鐘列鼎，食物精美如珠玉，這些在我看來，實在値不了什麼錢。我所希望的則是久久長長的沉醉，永遠不用醒來。這個世界上，從古至今，聖人賢者都是寂寞的，找不到知音，也不能爲世所用；倒是愛喝酒的人，反而留下千古名聲。就像是陳王曹子建在平樂寺宴客，準備了萬斗美酒，讓賓客開懷暢飲，留下永恆的風流美名。

做主人的怎麼能說買酒的錢不夠？應該盡力去買更多的酒來，讓我們相對酌飲。把珍貴的五花馬，價值千金的裘衣都貢獻出來，叫僮子拿出去變賣了，換酒來喝，必須要飲更多美酒，才能銷去這千萬年來共同的愁悶與寂寥。

詩仙李白作這首詩的時候，已經五十一歲了，他經歷了許多繁華與坎坷，有了對自我的信心，也明白了這是一個有志難伸的世界。據他自己說，他曾在一年的遊歷中便散盡了三十餘萬金，因此，這首歌行體中的豪情，絕非矯情，而是詩人的眞性情。

在這首詩裡，有種闊然無畏的精神，如同一篇個人生命價值的宣言。鼓動著我們的意志，讓我們確立自我的存在感。

由浪漫入平淡，是最美好的承擔

如今七事都更變，柴米油鹽醬醋茶

我在東馬遇見一位女記者，玲瓏的身形卻充滿能量，她曾是一個田徑選手，剛到東馬跑新聞的時候，也是第一個騎著摩托車滿街跑的女人。只要有新聞，她便像箭一樣的衝向前去，從不遲疑。她曾獨自潛入連警察都不敢涉險的小島，採訪那些以劫持搶奪為生的非法移民，談著談著發現那些強人的眼神變了，她藉口上廁所，找了船逃命一樣的逃回來。

她也曾經深入高山採訪，夜裡下山遇見濃霧，再強的車燈也穿不透，而她必須趕回報社去發稿，無可奈何，拚了命也要下山。與她同行的男同事，沒有駕車的勇氣，她只好自己來，搖下車窗，探出頭去，看著車輪壓住道路上的白線，一點一點的將車子開下山來。幾個小時屏息著，緊張到渾身汗水濕透，衣服都能擰出水來。這些事是她的男同事都不敢做的，她一咬牙，就上了。使命必達，絕不辜負所託。

因為，這個工作是她從小最浪漫的夢想，她必然全力以赴。浪漫，不一定是風花雪月這一類的事，也可以是很紮實的。在沒有電腦網路，連傳眞機也沒有的年代，她常常寫好稿子，就帶到機場去等候，懇求準備搭飛機的商旅，替她把稿子帶到吉隆坡總社。苦苦的等，苦苦的求，奇怪的是竟然一點也不以爲苦。

我們聽著她敘述工作的經歷與那些冒險，一陣歎息，一陣驚奇。但是，她微笑著說，這些都是以前，以前是不知道怕的，什麼都不怕。現在不同了，現在有了孩子，做了母親，什麼都怕了。孩子還小，需要母親的照顧，需要母親爲他們洗澡，爲他們講床邊故事，需要母親擁抱，讓他們感到安全。因爲意識到孩子對於自己的倚賴，因爲放不開這些牽絆，開始感覺到危險；開始會考慮；會遲疑，哪怕不是發生在自己身上的事，也有了種種恐懼的想像。

雖然都說「爲母則強」，母親的堅強卻是表現在捍衛子女的勇氣上，她可以爲孩子火裡來水裡去，可是，當她獨自面對水火無情的時候，卻因爲想到子女而退縮了。成爲母親，一個女人便從本質上改變了。

少女時代很喜歡一首詩，抄下來送給朋友：「書畫琴棋詩酒花，當年件件不離他；如今七事都更變，柴米油鹽醬醋茶」，雖然都還是做夢的年齡，卻也懵懂的感受到成長帶來的生命變化了。

等我們漸漸變爲成年人，無可避免的承受許多生活的責任，才明白並不是沒有夢想了，而是沒有時間做夢了。我看著少女時的朋友，曾經比我更耽美更愛寫詩，過著詩情畫意的生活，如今，已經是三個孩子的母親。爲了剛考上大學的孩子找租屋；爲還在念高中的孩子攔截電話與情書；爲最小的孩子找到好醫生配戴牙齒矯正器，她說她已經有好幾年沒進電影院看電影了。

她的孩子常常嘲笑她是個落伍的媽媽，在捷運裡還會迷路。她有時候嘆氣地說：「爲這幾個小孩操勞這麼多年，耗費大半輩子，不知道到底值不值得？」

她或許失去了作詩的能力，但，她知道這座城市哪條街有便宜又耐用的傢俱；她或許沒時間再用花瓣拼圖了，但，卻知道如何烘焙一個香噴噴的芒果奶油派；她知道沙發舊了不需要換沙發，只要換上漂亮的沙發布，就成了嶄新的沙發。她知道每個孩子愛喝哪種湯，喜歡吃哪種麵包，她知道用哪種聲調對他們說話，他們會對她心悅誠服，在這個世界上，沒有別人，只有她知道。

當然是值得的，在歲月中一切的付出都是值得的，爲的是把我們變成一個更完整的人，擁有更豐富的人生經歷。

詩人好望角

無題

（查為仁《蓮坡詩話》收錄）

書畫琴棋詩酒花，當年件件不離他；
如今七事都更變，柴米油鹽醬醋茶。

——清·張璨

讀書、寫字、繪畫、撫琴、下棋、作詩，品酒與栽花，這些風雅的事，想當年都是他生活中不可或缺的元素，與他的生命融為一體。如今年紀不同，世事也改變許多，而生命中最重要的七件事，竟變成了生活裡最瑣碎平凡的日常所需，天天忙碌的操煩著柴、米、油、鹽、醬、醋、茶。

清代著名的詩人與詩論家查為仁（西元一六九三～一七四九年），號蓮坡，在他的詩論《蓮坡詩話》裡，收錄了他的朋友張璨的這四句詩。這四句詩有著打油詩的巧意，也有著對照的樂趣。

查爲仁的父親是天津地區的鹽商，以販鹽致富之後，便展開私家園林的興建工程。查爲仁年輕時因受人誣陷而入獄，獲釋不久，便投入父親苦心營造的「水西莊」別墅的浩大工程。這座花費三、四十年時間經營的園林，連乾隆皇也慕名而訪，曾經四次留住，並親筆寫下賜名「芥園」。

查爲仁也在這座園林中，廣邀一時俊彥，文人雅士，詩酒唱和，秉燭夜遊。查爲仁「尚氣誼，喜結納」，很受到當時名士敬重。是個懂得品味生活，而又喜歡與人分享的藝術家。

張璨是湖南人，因爲到北京任職，與查爲仁結識，進而成爲好友。有一日查爲仁到張璨的書房中，看見牆上貼著七言絕句，正是張璨的手跡。「書畫琴棋詩酒花」與「柴米油鹽醬醋茶」正好是雅與俗的代表，卻並不是矛盾衝突的。事實上，我們必須先把自己的世俗生活安頓好了，才能有多餘的力氣與精神，來賞翫風花雪月的美好生活。一個人若只能過「書畫琴棋詩酒花」的日子，卻無法應付「柴米油鹽醬醋茶」，也是一種超脫現實的虛妄。唯有在兩者之間，取得和諧，相輔相成，才是既能投入，又能昇華的人生。

自食其力，是人類的莊嚴

人生歸有道，衣食固其端

我在銀行前面攔計程車，看見一輛潔整的計程車，司機搖下車窗，正熱烈的與騎樓裡賣公益彩券的一位肢障人士聊天，他還買了彩券。車子緩緩開動，從我面前經過，我揮手招下車，開了車門進去，涼爽清新的空氣中，我瞄到了這位司機先生的不同，他也是一位肢障人士。他的右腿萎縮著盤在座椅上，只用左腳踩著油門。說眞的，有三秒鐘，我的心緊緊地跳了幾下。二十年來以計程車爲主要交通工具，這樣的狀況還是頭一遭遇見。

還好我的天性樂觀，心裡想，他如果敢開，我爲什麼不敢坐？

報出了前往地點，我便好整以暇的靠進椅背了。這台車原來有兩位駕駛在開，另一位是女性，也許是他的牽手吧。如果他們倆輪流出車，應該可以獲利更多，是很勤奮工作的人呢。方向盤前方放置著一張護貝起來的彩色照片，是一個女人環著兩個小孩，一男一女，三個人齊齊開口笑，看起來是很快樂的一家人，我揣測這應該是他的家人，也是他努力打拚的動力吧。

在高速公路上，司機先生方向盤抓得穩穩地，快速平穩。進到平面道路，匯入車流之後，路數一改沉穩為激進，開始扭擺車身，超越、閃躲、爭競，當他行走時也許要落後，當他駕駛時卻可以爭先。我眞的在他成功閃避與超前的瞬間，感覺到他的亢奮和得意。十幾分鐘之後，我發覺自己的不安全感完全消逝，看著他靈活的操控一輛車，我忽然覺得慚忑，如果他可以用一隻腳駕駛，為什麼早就領到駕照的我，近二十年來，卻還不敢上路？我到底在恐懼什麼？又在膽怯著什麼呢？

目的地順利抵達，他因為錯拐了一個路口而致歉，表示要少收五塊錢，我卻堅持全額支付，並且向他致謝。他確實帶給我一段意料之外的特別時光，經歷一些自省與啓示，這是很值得感激的。他收錢的時候，伸出雙手，臉上謙遜而誠懇的表情，是很動人的。我猜想，這位獨腳司機的擁有，可能比許多雙腳俱全的人更豐盛。因為，他懂得自食其力的可貴，維護著自我的尊嚴。

我也想到，幾年前有位困擾的母親，請我開導她沉迷於寫作的兒子，希望這個高等學歷的兒子，能夠走出作家夢，走入人群：「至少有個工作也好。」我和那位懷抱作家夢的年輕人見面，他很消沉沮喪，備受經濟壓力，我問他為什麼不去找個工作，哪怕只是兼差的或打工的都好，起碼要讓自己有謀生能力，他很詫異的看著我：「我是作家耶，寫作就是我的工作，我為什麼還要做別的工作？」我告訴他，此時此刻，寫作是他的理想，是一個正在追求的目標，但，假若連生活的基本都顧不上，還談什麼理想？談什麼追求？假若理想的追求只成為家人的痛苦，社會的負擔，又有什麼意義呢？

就連最堅持自己理想，不願為五斗米折腰的陶淵明，也在理想與現實的衝突矛盾中，寫過這樣的詩：「人生歸有道，衣食固其端。」每個人都有選擇人生目標與理念的自由，只是不管如何，都應該先把生活的基本需求料理好，才能坦然追求想過的生活。

我們或許覺得自己很獨特，或許覺得自己很有天賦，不能也不甘過一般的平庸生活，那麼，在追求卓越，攀登巔峰之前，應該先做好自食其力的準備。我們不是籠中鳥，不是檻中獸，自食其力，是作為一個人的神聖與莊嚴。

詩人好望角

庚戌歲九月中於西田穫早稻

人生歸有道，衣食固其端。
孰是都不營，而以求自安？
開春理常業，歲功聊可觀。
晨出肆微動，日入負耒還。
山中饒霜露，風氣亦先寒。
田家豈不苦？弗獲辭此難。
四體誠乃疲，庶無異患幹。
盥濯息簷下，斗酒散襟顏。
遙遙沮溺心，千載乃相關。
但願長如此，躬耕非所歎。

——晉・陶淵明

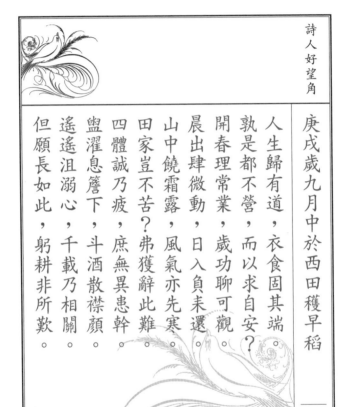

人生在世都希望能夠回歸到一種最理想的方式，然而，不管是怎樣的追求，都應該以穿衣吃飯的溫飽，作爲基礎。如果不能照顧好生活的基本所需，又怎麼可能擁有安心的生活？耕作已經是一種日常的營生，開春時節便開始辛勤料理，到了秋收季節成果也算可觀。早晨天剛亮就要盡微薄之力去耕作，直到太陽下山才扛著農具回家。山中的霜露原本就比較多，一陣風來更感覺到透骨的寒意，農家的生活怎麼會不辛勞呢？然而，爲了求得豐盛的收穫，也就不辭艱苦了。農地的工作固然會令人肢體疲憊，卻也能避免掉其他災禍的干擾呢。

打盆水來洗手洗臉，洗乾淨了便坐在房簷下憩息，喝一些酒，散開了衣襟，也展開了笑顏。當年孔子周遊列國，曾向隱居田耕的長沮和桀溺問過路，雖然已經隔了遙遠的千年光陰，那種心情依然是很類似的。但願世上除了汲

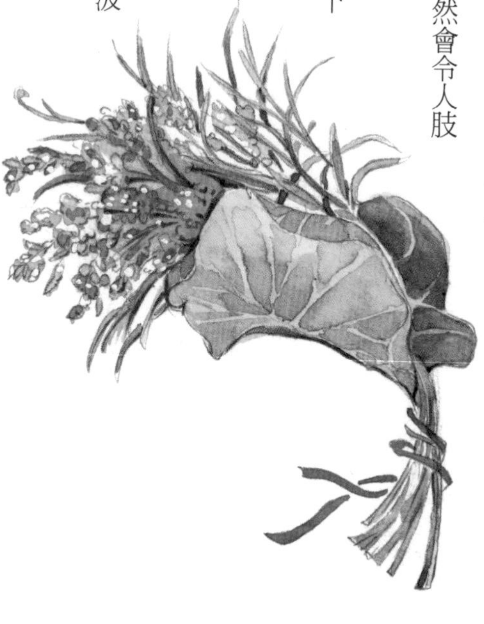

汲汲營營於功名富貴的人之外，還能有隱居田畝而樂在其中的人，努力耕作，自給自足，不是一件應該悲歎的事。

陶淵明（西元三六五～四二七年）是晉代最著名的文學家，也是中國歷史上最清雅而具個人風格的隱逸名士。他出身在一個破落的仕宦之家，曾祖父是搬磚的陶侃，也是東晉開國元勳，因為父親早逝，他和母親只好依於外祖父孟嘉生活，孟嘉也是當代名士，這些家族長輩，都對陶淵明產生了一定的影響。一方面他服膺於儒家的理念，一方面又不願違逆愛好自然的本質，常常有籠中鳥的受困感覺。這樣的矛盾衝突是他的人生面向，也是詩文中的特色。

陶淵明曾經在宦途浮沉十三年，深深感到絕望與無奈，萌生退意，這想法終於在彭澤縣令任內實踐了。他僅僅做了八十一天的縣令，便掛冠求去，還寫下了聞名遐邇的〈歸去來辭〉，宛如宣言，勇敢的從同流合污的世俗道統中掙扎而出，尋找自己的真性靈與新天地。

既然對現實環境失望，他便想像虛構了一個理想的世界，那就是〈桃花源記〉的烏托邦。在那宛如仙境的桃源深處，住著的是一群避難的人，他們「乃不知有漢，無論魏晉」。這似乎暗示著，唯有不受任何政治因素介入與干擾，才能讓老百姓安居樂業，過著知足常樂的生活。桃花源雖然是個並不存在的地方，卻成爲後代對於理想國度的恆久典型。

腹有詩書氣自華的陶淵明，遠離塵俗羈絆之後，選擇日出而作，日入而息的農耕生活，與自然田園相融合，這樣的轉變，成爲中國士大夫精神上的一位引導者。歷朝歷代的知識份子，在仕途上失意，厭倦官場之後，便興起效法之心，回歸到陶淵明的境界，尋找新的人生方向，並藉以安慰自己。

連他因爲家貧而托鉢乞食的困窘，也成一樁極其風雅的韻事。不爲五斗米折腰，已成了中國士大夫精神世界的一座堡壘，用以保護自己出處選擇的自由。陶淵明以他在混濁人世中，個人的突圍與嘗試，爲我們留下最珍貴的價值。

看似尋常的人，也能有震動人心的力量

且喜胸中無一事，一生常在平易中

一位常常聯絡的朋友，有好一陣子沒有出現，我在年末之際，忍不住打電話給他，向他問候。除了問候，其實還有點埋怨，怎麼這麼久沒出現啊？朋友說他的父親在暑假裡過世了，這位退休的中學教師，已經八十幾歲了，平日身體還算硬朗，卻是因爲心臟病發而過世。

朋友說，父親一生最不想要麻煩別人：「這一回，他眞的一個人也沒麻煩，就這麼走了。」

我並不常聽朋友提起父親，倒是常常談到母親，母親聽起來樂觀開朗，和孩子們比較親近，至於父親，當了一輩子老師，免不了的不怒而威，從小孩子們都很畏懼。等孩子們都長大之後，母親更成爲家庭的中心。

「回家陪我媽吃飯」；「星期天要陪我媽看《大宅門》」；「過年的時候得陪我媽回娘家」，我聽見的總是他的母親。至於父親呢？朋友說他從小就不愛念書，三不五時和人打架，是個問題青少年，父親恨鐵不成鋼，不知道爲他生了多少氣，「我是個老師，怎麼竟會教出你這樣的兒子？」父親氣到不行，就會說出這樣的話。

我的朋友從沒能在念書這件事上，讓父親覺得光彩，還好，他經過許多年的努力，事業做得還算成功，做的也是與教育相關的行業。

忙碌工作的朋友，與父親的關係可能像朋友，卻仍隔著難以跨越的距離，已經幾十年了，不知如何親近。直到父親忽然過世了。

孩子們爲父親整理遺物，看見父親妥當的收著歷年來學生寄給他的賀年卡，還有一些有成就的學生的報導剪報，過去那些歲月的影像浮上眼前。孩子孫子簇擁著妻子，喧鬧歡樂的時刻，他常常是安靜地，在角落裡微笑的看著這一切。或者是待在書房中，翻看著自己的剪貼簿和櫃子，那裡面有一切往昔的記憶，只有他知曉每一張卡片的寄件人，知道他們現在何處，過著怎樣的生活，也清楚的記得他們年少的樣子。

每隔三年，就會有一群學生來爲父親過生日，那是多年前的學生，有的是公司老闆；有的是學校校長；有的是出版社社長，也有平凡的小公務員，當然，還有家庭主婦。他們雖然各有自己的天空與專業，可是，來到老師面前，彷彿仍如三十年前的青澀，排排坐，聽著老師說話，也說給老師聽。只有在這時刻，才能聽見父親豪爽健朗的笑聲，父親的雙眼再度炯炯發亮。

爲父親辦告別式的時候，來了許多人，都是父親以前的學生，他們是自己聯絡而來的，朋友他們全家人都不認識。還有好幾位都是朋友同行的前輩，原來也是父親的學生，他們都聚集而來，一排排站好，就像以前在課堂上那樣，起立，敬禮，老師好，老師好走。

這場面震懾了作爲人子的朋友。他說父親從來沒提過，他們也從沒去瞭解過父親一輩子貢獻的工作，到底有些什麼成就與過往。這些人又是用什麼樣的方式，去記憶著這位已經退休二十年的老師的呢？

朋友像是頭一次認識了自己的父親，幸會了，父親。

卻也是再會了，父親。

「且喜胸中無一事，一生常在平易中」，我想到的是這兩句詩。這位遠行

的老師，一生之中彷彿沒有什麼罣礙的事，俯仰無愧，到了晚年，常常只是心滿意足的微笑著。然而，當他離去，家人重新認識他，才發現在看似尋常的人生中，他曾經啓迪過這麼多人，在這些人的心中，他將長長久久的活下去。

詩人好望角

送晦叔

兩人俱是白髮翁，不用語言情意通。
且喜胸中無一事，一生常在平易中。
願公活百歲，我活九十九。
白髮變成黃髮翁，回來同把一杯酒。

——宋・徐積

我們倆都是白髮蒼蒼的老人了，有些事不需要言語的溝通，也能夠心領神會。可喜的是活到現在，胸中並沒有什麼記掛著放不開的事，而這一生也就在平平穩穩中度過。希望你能活到一百歲，而我也能活到九十九歲，當我們頭上的白髮已經變成黃色的髮絲，還要重來聚首，快樂的用同一個杯子喝酒。

宋代詩人徐積（西元一〇二八～一一〇三年），是位理學家，也是個出了名的孝子。在他三歲那年，他的父親徐石便去世了，小小的徐積每天早晚都俯倒在地，哀哀痛哭，希望父親還能活過來。他的母親爲了給他好的啓蒙，便教他讀《孝經》，每次一翻開書，他便思念父親，淚流不止。

長大之後，旁人發現他每跨出一步，都非常小心謹慎，便問他原因。他說是因爲自己的父親，過世的父親名字是「石」，爲了避諱，他總是小心翼翼，不僅不願意踏到石頭，也不願使用石器。這樣的行爲，現今看來固然顯得有些荒謬可笑，然而，古代人卻是相當敬佩的。

徐積與母親的感情很親密，成年後要上京趕考，卻不願與母親分離，只好載著母親一同赴京，而他送給母親最好的禮物，就是考上了進士第一名。母親過世時，他悲痛不能自抑，狂吐鮮血，更在母親的墓旁築屋而居，早晚請安問好，彷彿母親仍在世間的樣子。徐積不僅是《孝經》的實踐者，簡直就是《孝經》的代言人。

這首送別詩，卻沒有理學家沉重的包袱，也褪去人子的身份，而是在親近的朋友面前，顯露出微醺的快樂。爲了想和朋友常相聚，期望可以活得更久更長，還能像孩子似的搶著酒喝，這種平凡的幸福，不正是我們想要追求的幸福？

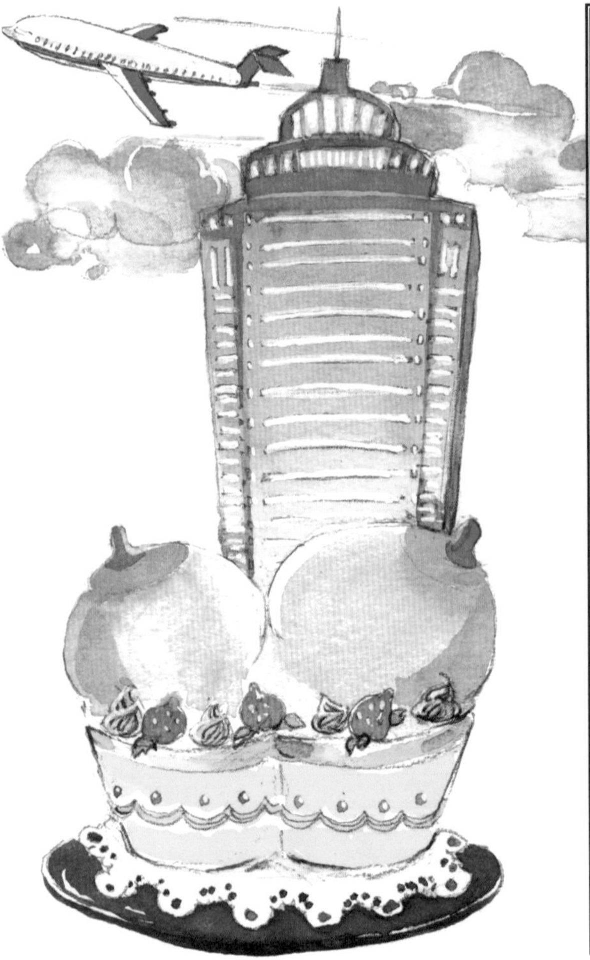

知足常樂，便是富豪

隨富隨貧且歡樂，不開口笑是癡人

那一天，當全台灣都陷入十億彩金狂潮中，朋友們見面總要問一聲：「如果你擁有十億，要怎麼辦？」帶著一點輕微的歇斯底里的語調，聽起來十億不像是一件天賜的幸運，倒有點像是一場災難。火燒厝啦，被劫持啦，要怎麼辦才好啊！每個手中握有彩券的人，都認爲自己很可能會中獎。

MSN上顯示的名稱包括「十億難道是我的」；「這一次，我知道我被十億選上了」；「十億元該藏在哪裡」……等等，每次登入，都以爲我的每個朋友手中都掌握著明牌。

在一片狂潮中，我也開始尋找和蒐集沒有買彩券的人，那些像我一樣的人。並且問人家：「爲什麼你不買？」

媒體上秀出十億可以做些什麼事，像是買十一幢信義之星啦；坐頭等艙環遊世界三百次啦，還可以動隆乳手術六千多次呢。那個隆過乳的朋友聽到這一項，臉色立即發白，好像下一刻就要昏厥的樣子。

這些我都不需要。不買的朋友差不多都是這樣回答的。

據說，台北銀行設計這些彩券的高層人士，一次也沒買過，他表示對他來說，現在擁有的生活就是最滿意的生活了，只要能夠保持現狀就好，比中了高額獎金更貴重。我想，我和那些沒有買彩券的人，也是類似的想法吧。我不想住在信義之星，我喜歡現在的家，雖然純樸卻讓我覺得舒適安心；我不想坐頭等艙環遊世界三百次，一次就夠了，因爲還有好多事要做呢；我也不打算隆乳，如果年輕時都撐過去了，現在何必受這種痛苦。

我當然也有我需要的，我需要家人健康平安；需要與朋友感情融洽；需要自在愉悅的生活；需要平等的工作環境；需要不受戰爭的威脅；需要人類將地球的破壞降到最低，這些都不是十億元可以帶來的幸福，也不是財富可以改變的事。

常常地，我看見一些功成名就的朋友，天天魚翅鮑魚，山珍海味，而他們說起一生中最美好的飲食經驗，卻是火車上的排骨便當，或是公園門口的酸梅湯。那些都是很便宜的，都是在他們貧窮歲月中夢想品嘗的，可能要積攢一段時間，才能夠擁有，意義格外不同，滋味特別美好。

富貴人有富貴的享樂方式，貧窮的人也有自己的喜悅。我一直記得小時候看過一位「酒矸倘賣冇」老伯，他的衣衫襤褸，推著單輪車，灰白的頭髮在風中被吹得更稀疏。然而，他總是執著的在車欄杆上綁一朵花，有時候是百合，有時候是玫瑰，有時候是黃菊花。而他也總是笑口常開的，好像他做的事是最重要的，好像他是整條街的王。

那時候孩子們總愛追著他跑，幫他唱著「酒矸倘賣冇」的歌。他那時候除了收瓶瓶罐罐的，也收舊唱片，我記得有一回，他送了一張紫蘇梅顏色的透明唱片給我，上面太多刮痕，已經不能聽了，卻那麼漂亮，我把它貼在浴室的玻璃窗上當裝飾。他啓迪了我，並不只有財富才能令人快樂。

唐朝詩人白居易有這樣兩句詩：「隨富隨貧且歡樂，不開口笑是癡人」，談的正是一種隨遇而安的樂觀態度。白居易雖生長在藩鎮割據，民不聊生的中唐時代，卻時時力圖振作，希望可以光耀門楣。青年時到長安城闖天下，將自己的詩作呈給前輩詩人顧況指教，顧況嘲謔地對他說：「雖然你名叫居易，可是長安物價甚高，卻是居不易啊。」等到看了他的詩句「野火燒不盡，春風吹又生」，對他的才情大為傾倒，便告訴他：「以你的才能，在長安確實是可以居易的啊。」然而，考上進士的白居易仕途多風波，好幾次因為直言敢諫而遭貶謫，他終於學習到一種樂觀的生活態度，去面對人世間的瞬息萬變。

其實，貧窮或富貴，往往只是自我認定的結果，當我身體健康，過著想要的生活，就覺得自己的身價超過十億元。今天，當我起床，想到自己的富豪生活，真是快樂極了。

詩人好望角

對酒

蝸牛角上爭何事？石火光中寄此身。
隨富隨貧且歡樂，不開口笑是癡人。

——唐・白居易

世界其實並不大，約莫就只是個小小的蝸牛角的面積罷了，我們在這麼小的地方，還有什麼可爭的呢？歲月其實很短促，就像是打火石敲擊出的短暫微弱的火光，這便是我們的人生所寄託的時間。富有來時，貧有來時，

不論富貴或貧賤，都應該保持歡樂的心情，在如此難得的生命中，不及時展開笑顏，還要尋愁覓恨，那眞是太癡太傻的人了。

現實主義詩人白居易（西元七七二～八四六年），很擅長寫諷諭詩，與他的出身有密切關係。他並不是貴族子弟，而是來自貧苦社會中，年少時便體會了平凡百姓的憂苦，也關心他們的生活。他反對文學只用來風花雪月，他認定文學應該有爲社會服務的使命。因此，他身體力行，在諷諭詩中提出許多嚴重的社會問題，反映出平民百姓的眞實生活。又因爲他將詩看作一種社會改良的工具，務求「老嫗能解」，對於詩的淺白與通俗相當重視。而這種淺白通俗的風格，也招致正反兩面的評價。

當時唐朝的朋黨之爭相當嚴重，白居易爲了免於捲入紛爭，便申請外調，先後擔任過杭州與蘇州刺史，他爲官認眞愛民，爲百姓疏理六井、築堤蓄水，以利灌溉。他離開杭州時甚至留下自己的官俸，以爲官家緩急之用，這樣的氣概，便是今日爲官的也不可能再有了。直到現在，杭州西湖畔仍留有一條植滿垂柳與桃花的「白堤」，每到春日，花柳交映，美景無限，正是杭州人對於白居易永恆的懷念。

具理想性格又能明哲保身的白居易，得年七十五歲，是少數的長命詩人。他必然是能夠看透許多無常變化，明白人生的短促與難得，才能獲得眞正的樂天與自在。

人生需求愈少，負擔愈輕

竹杖芒鞋輕勝馬，誰怕？一簑煙雨任平生

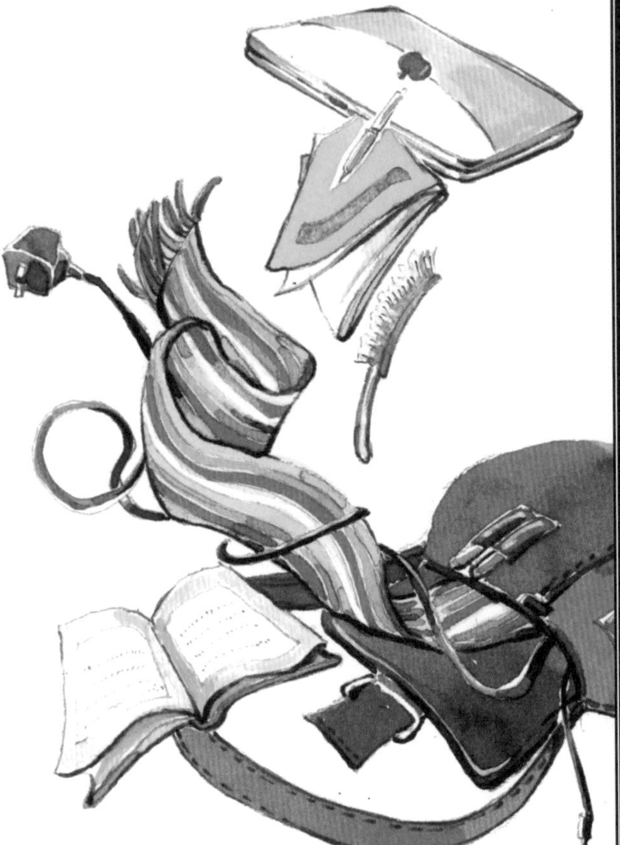

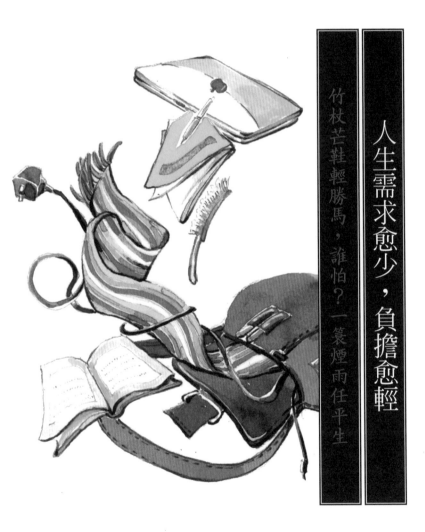

當事情還沒有發生的時候，我確實是沒有一點警覺性的，那一天，睡到半夜，我的肩膀像被斧頭劈了一下似的劇烈的痛著，驚醒過來。我睜開眼睛想確定自己不是在做惡夢，我的肩膀眞的好疼痛，宛如撕裂。

好容易熬到天亮，要去看醫生，一如往常，我把隨身物品收拾好，一台筆記型電腦；一本精裝詩詞或古典小說；一疊講義夾，裝了一大袋，背在另一邊的肩膀上，出門了。

醫生爲我做了檢查，他說沒有什麼大問題。

「沒有問題？我眞的好痛啊。」在我的抱怨聲中，醫生看見我放在一旁的背包，他問：「是妳的？」我點點頭。

他用手去拎，掂了掂重量，問我：「這麼重。最少有五公斤吧？」我沒秤過，無法回答。

「妳每天背著跑來跑去？有必要背這麼多東西嗎？逃難嗎？」他努力壓抑想要取笑我的表情：「妳不必吃藥也不必打針，去換個小背包吧。」

那一天，我把大背包裡的東西倒出來，開始回想我的背包歷史，以前我的背包確實是小的，只放一點點東西就可以了，那時候最累贅的東西是折疊傘。然後，我開始添購一些自己覺得非常必要的東西，像是手提電腦，這樣就可以走到哪兒寫到哪兒了。手提電腦本身並不那麼重，倒是周邊配合的物品還不少，像是電線啦、滑鼠啦。爲了防止丟三落四，於是，我開始買大型背包，能把所有東西都丟進去的那種最好。

既然背包變大了，可以帶著出門的東西也就變多了，如果不想打稿而想閱讀呢，於是，隨身書也進了背包，通常是那種要讀好久都讀不完的書，厚厚的精裝硬殼。我的背包愈換愈大，重量也愈重。終於有一天，我的肩膀再也不堪負荷了，醫生還說如果再這樣發展下去，我的心臟也會罷工抗議的。換個小背包，是醫生處方。

我無可奈何的把電腦從隨身行李中刪除，但是，仔細想想，我帶著它出門十次，眞正能靜下心來打稿子的機會，還不到兩次，其他時候只是「以備不時之需」罷了。爲了以備不時之需，我們卻要花費這麼大的氣力，耗損這麼多元氣。

我想到東坡〈定風波〉那闋詞中的「竹杖芒鞋輕勝馬，誰怕？一簑煙雨任平生」，當東坡與一群朋友到山裡遊玩，回程時遇見一陣驟雨，而雨具恰好不在身邊，同行有些人不免驚惶，唯有他非常篤定，雖然手中只有一枝竹杖，腳下只有一雙草鞋，卻自覺比騎著一匹馬還要輕快自在許多，因而無所畏懼。

這是山中之行，也是人生路途的譬喻啊，我們爲了行動迅捷，想要一匹馬；爲了居住舒適，想要一幢樓；爲了受人尊崇，想要功名利祿，我們的欲想愈來愈多，我們的付出愈來愈沉重，直到我們無法承受那一天。然而，我們想要的，與我們需要的，是否不成比例？短短的人生，爲了貪欲，我們眞的需要花費這麼大的力氣，耗損這麼多元氣嗎？

東坡深深明白其間的弔詭，他曾經貴爲公卿，受人景仰，也曾數度被流放，徘徊在生死邊緣。最華貴的尊寵，他經歷過；最艱困的生活，他試煉過，於是，他能在滿山驟來的風雨中卸下所有防衛，只用最簡單的裝備與心情，迎向前去。

我換了一個新背包，寬寬的背帶，小小的容量，只能放進一個錢包；一袋面紙；一支口紅與一串鑰匙，就這樣背著出門，並不覺得匱乏，彷彿已可以去到海角天邊。原來，當我們需要的愈少，負擔就愈輕，生活得更自在。

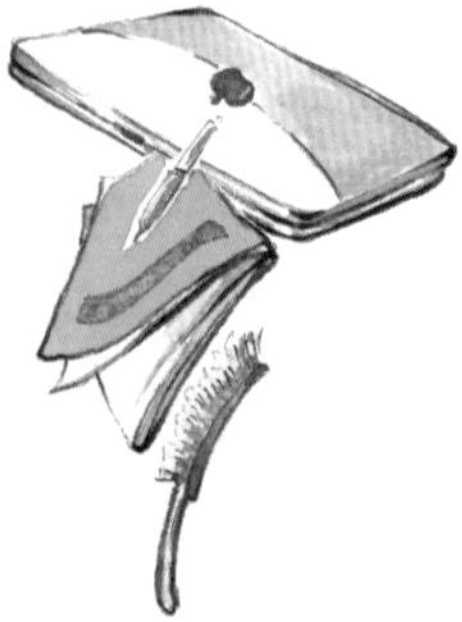

詩人好望角

定風波

莫聽穿林打葉聲，何妨吟嘯且徐行。
竹杖芒鞋輕勝馬，誰怕？一蓑煙雨任平生。
料峭春風吹酒醒，微冷。山頭斜照卻相迎。
回首向來蕭瑟處，歸去！也無風雨也無晴。

——宋・蘇軾

雖然風雨很大，卻不必聆聽它穿越竹林，擊打著樹葉的聲音，更不要被它嚇住了。何不大聲吟唱著、長嘯著，與它一爭長短，放慢腳步，安然的往前行。雖然手邊只有一枝竹杖，腳下只有一雙草鞋，並沒有其他的雨具，但，有什麼好怕的呢？就這麼一件簑衣，便可以闖蕩這煙雨人生了。

春風吹來仍帶著寒意，也把人從酒意醺然中吹醒，感到微微的冷冽。迎面而來的夕陽，從山頭斜斜探照著，彷彿為我們驅逐了寒冷。回頭看著自己走過的山路，被風雨飄零得有些蕭瑟，那卻是已經走過的路了。至於未來，人生的歸途再不用擔心是晴是雨，因為，沒有什麼能阻攔我們的腳步。

宋代最重要的詩人、詞人、作家、書法家蘇軾（西元一〇三六～一一〇一年），號東坡居士，人們都稱他為蘇東坡，是繼李白之後，又一位令人傾倒的文學家。他二十歲時與父親蘇洵、弟弟蘇轍一起赴京考進士，當時的主考官歐陽修對他的文章大為激賞，發出「讀蘇軾書，不覺出汗，快哉！老夫當避路，讓他出一頭地也」的讚歎。

雖然難掩出衆的才華，東坡的仕途並不平順，他早年與王安石政見不合，有志難伸，後來還因爲詩謗事件被捕入京，關進牢獄，受盡苦刑，遭到貶謫的命運。他的一生，總是在貶官流放中，曾去過杭州、密州、黃州、汝州、惠州等地，最遠甚至渡海去到了海南島。

東坡所處的時代，其實是北宋盛世，而他卻獨自闖過一程又一程風霜雪雨。他的性格有著儒家的根柢，並受到道家與佛家的化育，形成了人道主義的精神，又是個堅定的樂觀主義者。像這闋詞〈定風波〉，便是以自己的樂觀和勇氣，安定人生一切風波，爲後代遭遇困境的人們，提供了有力的救贖。

庸俗，是沉淪的開始

人瘦尚可肥，俗士不可醫

你怎麼吃，便怎麼過生活。

這確實是我近來發現的一種人生面相，飲食，不僅僅是要餵飽我們，還是內心的深層欲望，渴望被滿足。我所認識的人裡面，約莫有完全不講究、比較講究兩種飲食性格。

完全不講究的人，是少女時代最憧憬的那種男子漢，不管是酸的、辣的、鹹的、淡的，端起來一概唏哩呼嚕下了肚，有時候好像連咀嚼的動作也省略了。那時候看見男生這樣吃東西，覺得好性感。如果和這樣的男生約會，問他要吃什麼，他們的回答百分之八十是：「有得吃都可以，我不講究吃的。」

爲他們找餐廳也不必太過於仔細，因爲，到底吃了些什麼，他們也沒察覺，是屬於完全不向廚師致敬的吃客。後來漸漸發現，不僅是對食物沒感覺，對於很多人情世故，他們也是沒啥感覺的，對於他人的遭遇或心情，感受力也很差，總的來說，「活著就可以，我不講究怎麼活的」，就是他們的人生態度。

成年之後，對於飲食有了要求，對於吃什麼都可以的男人也就多了點挑剔。人，沒有喜好，沒有自己的品味，那可不行。懂得飲食的男人，通常會是很好的調情者，他們理解食物的各種口感，也就能夠捕捉女人微妙的心靈層次，該鬆則鬆，該緊則緊，快慢有致，遠近分明。他們懂得製造浪漫的氣氛，讓自己和對方都很愉快，這種浪漫不一定要花費很高，可能只是小小心意，卻可以帶來驚喜。我到現在仍然記得，那個懂得享受美食的男人，帶我到日本料理店，吃下第一隻甜蝦的味覺。也記得自己為他飛到天涯海角，依然心甘情願的愛戀時光。

相比之下，我當然比較不欣賞囫圇吞食型的人。他們只是把食物塞進腸胃裡，「飽足」是唯一的目的，不會留意食物本身，也忽略掉最美好的部份。食物的新鮮、氣味、口感、調味，全都枉費了，因為他們根本毫不在意。

有些人熱烈投入工作，爲的只是賺錢，賺很多很多錢，他甚至不在意自己做的是不是喜歡的事，這些彷彿都不重要，於是，他從工作裡獲得的最大樂趣，也只賸下賺錢了。

在國外我曾遇見過一個出版社老闆，開著名車，氣派非凡，大家都說他是個事業成功的人，光是看他在餐廳給小費的架勢，就夠驚人的了。然而，談話之間，他從沒提過哪本書的出版是令他「引以爲榮」的，只是不斷重複著要突破多少營業額，今年要成長百分之多少；只是喜形於色的強調某一本書爲他賺進多少鈔票。

看著他的時候我在想，他確實是一個成功的生意人，但，他可以是百貨業、服飾業、銀行業、影劇娛樂業，又何必要做出版呢？

天性幽默風趣的蘇東坡，有這樣的兩句詞：「人瘦尙可肥，俗士不可醫。」如果瘦是一種缺失，那麼靠著吃喝飲食，便可以變胖；而庸俗的人，卻是無藥可醫的。因爲庸俗已經深入靈魂之中，與生命長相左右了。現代人的生活，常常是以能夠賺多少錢，是不是豪門人家，來衡量一個人是否成功，許多人因此迷失在金錢與權力的追逐中，卻忽略了金錢與權力並不能保證幸福。

只以金錢與權力來衡量一切的人生，是庸俗化了的人生，必然會失去一些作為一個人可以擁有的，更恆久、更精緻的東西。因此，我們活著的每一天，都該清明的提醒自己，千萬不要沉淪為無藥可醫的庸俗。

詩人好望角

於潛僧綠筠軒

可使食無肉，不可使居無竹。
無肉令人瘦，無竹令人俗。
人瘦尚可肥，俗士不可醫。
旁人笑此言：似高還似癡？
若對此君仍大嚼，世間哪有揚州鶴？

——宋・蘇東坡

對於一個重視心靈感受的人來說，吃飯的時候沒有美味的肉類，是可以忍受的，但是居住的地方卻不能沒有竹子。吃不到肉固然會使人消瘦，無法親近竹子卻會令人庸俗。消瘦了只要多吃點還能夠豐腴起來，人若是變得庸俗

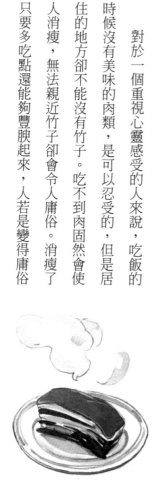

就無藥可醫了。旁人聽見這樣的論點，忍不住嘲笑著問：「這說法到底是格調很高，或是癡愚不化啊？」假若面對著竹子的高雅，還想著要享盡人間甘腴美味，那麼，到哪裡去找可以騎乘著昇仙的揚州鶴呢？

蘇東坡共留下兩千七百多首詩、三百多闋詞以及卷帙浩繁的散文，在古代作家中以作品數量最多、質量最高著稱。他在書法、繪畫、飲食、醫藥、禪學等方面也有極其豐碩的成果流傳後世。東坡愛吃，也勇於開發創意，很認眞的寫下食譜，記載了魚和湯與豬肉的各種烹調方式，因爲他長年與平凡百姓生活在一起，所以，這些菜餚都是普通的食材，親切的口味。其中最爲人熟悉的，應該就是紅燒豬肉了。

東坡曾赴任徐州知州，恰好遇見黃河潰決，他身先士卒，親荷畚插，率領禁軍與全城百姓抗洪築堤，七十多個晝夜的艱苦奮戰，終於保住了徐州城。百姓爲了感謝這位好知州，紛紛殺豬宰羊上府慰勞。蘇軾推辭不掉，收下後親自指點家人製成紅燒肉，又回贈給參加抗洪的百姓。百姓食後，都覺得此肉肥而不膩、酥香味美，便稱爲「回贈肉」。等他到了杭州，勤政愛民深獲百姓愛戴，又親製方塊形狀的紅燒肉以饗杭州人，這就是流傳至今的「東坡肉」。在不斷的流放貶官中，他非但沒有懷憂喪志，還將豬肉的烹調技藝不斷更新，臻於完美，這確實是蘇東坡的本色。

如此重視口腹之欲的東坡，在這首詩中明白指出「無肉」與「無竹」的象徵，哪怕是吃不飽，也不能沉淪於庸俗。在工商業社會中競爭永無止息的現代人，確實應該時時提高警覺。

專精，才能禁得起挑戰

人皆譏造次，我獨賞專精

我和朋友約見面，聊著聊著到了用餐時間，朋友問我有沒有空？他說：「如果妳有時間，我們可以去吃很道地的拉麵。」要吃飯我當然欣然同意，可是吃拉麵卻有些猶疑，以前在電視上看見美食節目介紹拉麵，看起來都那麼可口，那麼無與倫比，等我眞到了日本，一家家拉麵店吃下來，除了鹹，還是鹹，別的滋味和口感都被遮掩了。這就是夢想中的拉麵嗎？夢想爲什麼這麼容易破碎？從此之後，我對拉麵的熱衷徹底消失了。這一次，爲了不讓朋友失望，我還是隨他去了。

穿越熱鬧的高樓與車陣，我們把車子停下，再走進一條條巷弄中，我是個沒有方向感的人，這麼左拐右彎，早已迷路了。我們走著，走到了一區日式老房子，這些早就應該面臨拆除命運的老平房，安然頤養在最繁華的地區，就像被封存起來的老時間似的。老房子與老榕樹相依爲命，樹根有些已經穿透了圍牆，看起來像是與房子長在一起的。

這裡怎麼會有拉麵店呢？我還在東瞧西看，朋友已經推開了一扇門，站

在門口，對著裡面暈黃的燈光呼喊：「阿伯，今天有沒有拉麵？」我有種錯愕感，這不是尋常住家嗎？

然而，已經有位老先生迎了出來，他一面同我們打招呼，說著「今天來得比較早啊」，一面爲我們引路，過了小小庭院，進入玄關脫鞋，老太太微笑

著送上拖鞋來。鋪著木板的廳中，擺了三張桌子，老太太爲我們送上玄米茶，她說：「這是宇治茶，秋天喝很合適的。」炒米與綠茶的香氣，在熱水沖激之下，噴薄而出。

「今天有燉了一整天的豚骨湯。」老先生對我們說。「那太好了。」我的朋友點點頭。老先生和老太太穿上圍裙進了廚房，我探頭看了一眼，老先生正在揉麵呢。揉麵？現在才開始揉麵？我的印象中，麵店都是抓起一把麵下鍋去煮的？我問朋友，怎麼能找到這家沒有招牌，不像商店的小館子呢？朋友是由一位長輩帶著來的，長輩早年留學日本，與拉麵老闆認識，幾十年來只吃他們家的拉麵。

我們喝著宇治茶，吃著水煮毛豆閒聊天，忘記了時間，熱騰騰的拉麵端上桌來了。醇厚的豚骨湯是奶白色的，飄浮著一些細細的綠蔥，幾片薄薄的魯肉，拉麵韌性很夠，吃起來彈牙，色香味的饗宴，我終於露出美食節目裡歎爲觀止的表情了。

聽說老闆曾經到日本拜師學拉麵，他的目的不在發大財，而是要讓拉麵的精神流傳下去，每一碗拉麵都是有生命的，他堅持要在老房子裡賣拉麵，兒女多次勸說他們賣了房子大賺一筆，或是開起連鎖店來生生不息，他們都不爲所動。他們自有堅持，相信吃過拉麵的客人必然難以忘懷。

在旁人看來，這必然是一門太不划算的生意了，正如同韓愈的詩：「人皆識造次，我獨賞專精。」這首詩是爲精衛鳥塡海而作的，古代神話有個天帝的小女兒渡海時不愼溺死，死後化爲精衛鳥，時時銜著石塊或樹枝投入海中，希望可以將海塡平，便不會再有遇溺的悲劇。這麼小的鳥，竟想去塡平那麼遼闊的海洋，確實是不可能的事，然而，這鳥兒的姿態與堅持，卻又鼓舞著我們的意志與決心，使我們對於自己的力量有了更大的想像。

隱身在巷弄中的老夫婦也是如此，他們無視於功利的誘惑，不懼於時間的催迫，如何磨練自己的技藝，達到最高境界，便是他們永不放棄的信念與追求。

詩人好望角

學諸進士作精衛銜石填海

鳥有償冤者，終年抱寸誠。
口銜山石細，心望海波平。
渺渺功難見，區區命已輕。
人皆譏造次，我獨賞專精。
豈計休無日，惟應盡此生。
何慚刺客傳，不著報讎名。

——唐·韓愈

這是韓愈在河南主持地方科舉考試的時候，仿進士的應試詩而寫，歌頌精衛鳥的精誠與意志力的一首詩。精衛鳥是《山海經》中記載的一種鳥，也是矢志不移，永遠懷抱著決心，堅定報仇的小鳥。牠的嘴裡銜著山中的石木是如此細小，微不足道，卻盼望著靠自己的力量把海水變成平地，使波濤不生。如此渺茫的希望是很難成功的，但精衛卻把自己的性命看得無足輕重，只想努力達成。

人們都嘲笑牠的作爲荒唐而又不切實際，我卻獨獨讚賞牠的精誠與專一。精衛不計算自己的能力有多少，只是永無休止之日的貫徹下去，將此生的一切全部貢獻出來。可以與司馬遷《史記》中的那些刺客相媲美，毫不遜色，只是，精衛鳥沒被史書記錄流傳下來而已。

唐代古文運動領袖韓愈（西元七六八～八二四年），三歲喪父，由大哥與嫂嫂鄭氏撫養長大，他的大哥又在他十五歲時亡故，韓愈領會到孤苦無依的處境，更加努力向學，博覽群書。他在二十五歲那年考上進士，只是仕宦之途並不順遂，主要是他的性格耿直，爲人方正，不隨流俗，常常直言上諫，忤逆當朝。最嚴重的一次，是憲宗迎佛骨事件，韓愈見到社會大衆勞民傷財爭相膜拜，便上言皇帝以身作則，引得憲宗大怒，差點丟了性命，後來因爲裴度幫他求情，才改判潮州刺史。

韓愈並沒有屈服，他在文學事業上也秉持著相同的信念，力倡古文運動，與當時最風行的駢文相抗衡。別人嘲笑他，辱罵他，他一點不以為意；別人若稱讚他，他反而憂慮，擔心文中有迎合時俗的地方。就是這種與全世界抗衡的勇氣和堅持，感動了許多後繼者，紛紛走上古文運動的道路，終於形成了不可抵擋的巨大潮流，建立起蘇軾所謂「文起八代之衰，道濟天下之溺」的功業。

在他獨自奮鬥的那些歲月中，不也正像是銜石入海的精衛鳥嗎？那身影如此渺小，卻又如此巨大。

保持心靈的澄澈，便不會失去本性

千江有水千江月，萬里無雲萬里天

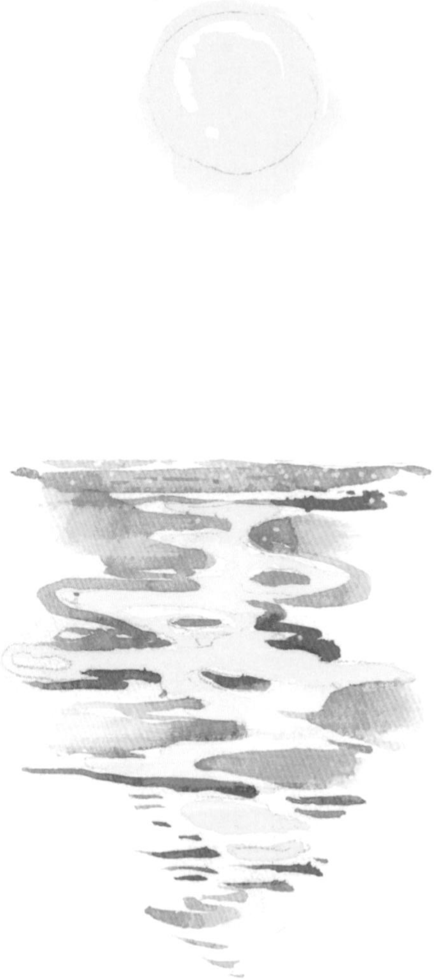

農田、溝渠、水塘，這些都是再也不會看見的景象了，在我們的盆地中。

我還記得以前，很久以前，當我還是個小女孩的時候，去學跳舞，天黑了才回家。路燈很少，還得靠著父母親手上的電筒，把前途照亮。路上的車子也很少，偶爾會有一輛腳踏車，從身邊經過。路的兩旁都是田地，有稻田、甘蔗田和蕃薯田，還有溝渠和水塘。一邊走著，一邊抬起頭，看著天上的月亮，不管走到哪裡，它都懸在天空，彷彿是跟著我回家，感覺一點也不孤單。

每一方田畝的消失，都爲我帶來難以消遣的哀愁，因爲我知道，田地消失了便永遠不會再回來。那些溝渠與水塘自然也被填起來了，儘管我還記得它們的位置。

有一次，我帶著念小學的侄兒和姪女，回到以前的舊家

附近，指著一排店鋪，充滿感情的對孩子說：「這裡以前是個溝渠，兩邊種著美人蕉喔，夏天的時候，很多小朋友在裡面捉泥鰍耶！」

兩個孩子乖乖的聽著，片刻之後，他們指著店鋪中的7-ELEVEN問：「我們可以買飲料來喝嗎？」我們進入7-ELEVEN的時候，我忽然明白，孩子們對這樣的歷史並沒有什麼感覺，他們連泥鰍和美人蕉都沒見過。

我很想念那種月亮陪著我回家的感覺。

有一次，我搭晚上的飛機回台灣，孤單的，只有自己一個人。那一趟旅途，我失去了很珍貴的一段感情，坐上飛機的時候，無窮無盡的感傷與低落，完全籠罩住我。我無法進食，連水都喝不下，只是安靜地，絕望地流淚。

哭得累了，便昏沉沉睡去，也不知睡了多久，醒來的時候，才意識到自己原來坐在窗邊，頭抵著窗，俯看著黑夜的大地。飛到台灣上空時，我忽然看見地面的亮光，一片閃過去了，又一片閃過去，像是在打著信號。那不是街燈或車燈，是一種更渾圓浩大的光亮，我直起身子來看，仔細觀察，像是解謎似的。終於，我瞭解是怎麼一回事了，原來，是天上的明月投影在水塘中。

那一段飛行經過的都是農地，一個又一個水塘，投射著一片又一片月光，就這樣跟著我回家。

那一瞬間，我忘記了流淚，忘記了悲傷，甚至忘記了自己的失去，只是驚歎地看著，一路看著月亮，看它始終不放棄任何一個水塘。

「千江有水千江月，萬里無雲萬里天」，就是這麼一回事，我忽然獲得了安慰，如果我們的心靈就是水塘，就是江河，只要能保持著心靈的澄澈，便能時時映照出明亮的月光。

我在感情的道路上，有過許多美好時光，不可思議的神奇瞬間，當然也曾挫折、心碎，萬念俱灰，可是，我發現自己從沒有失去過對於愛的信念。

常常有人問我對於愛情的看法，我的回答總是充滿樂觀與期待，這些答案發自肺腑，並不矯情，我相信，只要我們懷抱著誠摯的心情，等待、追求、付出，就可以尋得眞愛。在這樣的回答中，我也發現自己原來是個信仰如此單純的人。

當我小的時候，只能仰視著天上的月亮，覺得眞是遙不可及的。等我成年，飛到天空看月亮，它就懸在窗邊，彷彿伸手就可以觸及，這樣接近。而我低下頭，又看見它投影在水塘裡的容顏，於是，這才知道，它可能擁有這麼多不同的身影，像是永遠存在的希望與溫暖。

詩人好望角

《嘉泰普燈錄》卷十八

——宋・雷庵正受編

千山同一月，萬户盡皆春。
千江有水千江月，萬里無雲萬里天。

千萬座不同的山，都領受著同一個月亮的光華。千萬戶不同的人家，都在同樣的春暉中溫暖。走遍全天下，只要有江水就能映照天上的月光，晴空偶爾會被雲影遮蔽，但，只要是白雲消散了，依然可以見到萬里無雲的天空。

「千江有水千江月，萬里無雲萬里天」，這是廣為人知的佛家偈語。傳說印度阿育王準備了齋宴，延請天下僧道，眾人皆已來過，惟獨平爐尊者遲遲沒有現身，直到日落黃昏之時才來。阿育王問他：「為何你來得這樣遲？」平爐回答：「因為我赴了天下人的筵席。」阿育王感到很詫異：「你一人怎麼能夠赴得天下所有的筵席？」平爐尊者於是便作了偈語：「千山同一月，萬戶盡皆春，千江有水千江月，萬里無雲萬里天。」

這四句偈語，出自於《嘉泰普燈錄》，為禪宗燈錄之一，三十卷，別有目錄三卷，南宋雷庵正受（西元一一四六～一二〇八年）編。他是平江府報國光孝寺僧，號虛中，屬雲門宗雪竇下第七世。有鑑於向來傳燈錄內容都偏重於禪門師徒傳法的紀錄，乃著手補充《景德傳燈錄》、《天聖廣燈錄》，及《建中靖國續燈錄》等書之不足，由於內容廣泛，普及王侯、士庶、女流、尼師等聖賢眾庶，因此命名為《普燈錄》。全書總共費時十七年才完成。

所謂「燈錄」，著重於禪者們的參學過程，及語錄公案的編採。禪者們不僅重視修證經驗及生活的規範，也重視法派傳承的追索及討論，有傳承的關係，也代表法統的延續，自宋朝的《景德傳燈錄》之後，又有「續燈」、「聯燈」、「普燈」、「五燈會元」等諸書，記述禪宗諸家的系譜。

「千江有水千江月」，這句詩被小說家蕭麗紅借用，成爲一部長篇小說的書名，也引起一種生命境界的美麗懷想。

自我實現固然可喜，能夠成就他人更爲可貴

安得廣廈千萬間，大庇天下寒士俱歡顏

雖然已經過了好一陣子，我和我的朋友仍沉浸在那種振奮的情緒中，我們不時談論起這件事，也將那段影片從網路上下載，一遍遍的觀賞。

這確實是近來放眼全世界，最令人心感到鼓舞的時刻。

美國脫口秀女王歐普拉，展開第十九季的新節目，定下了「美夢成眞」的主題。之前就有各種八卦耳語，說她的第一集會有很爆破性的內容，甚至有傳言，她將會在節目中宣佈捐出自己全部的財產。

這一集果然吸引許多人觀賞，歐普拉邀請了兩百多位現場觀衆，她們都是女性。這些女性的子女或親友曾寫信給歐普拉，表示她們非常需要一輛車。有個兒子告訴歐普拉，他的母親開的那輛車，看起來像是經歷了無數的戰爭，但是，他們沒有能力換一輛新車。這台破舊不堪的車子，每天還是得載著這位母親去討生活，生活本身常常是窘迫粗糙的啊。

歐普拉從現場觀衆中挑出十一位上台，宣佈她們可以得到一台新車。就在台上的幸運兒尖叫、歡呼，不能置信的時候，歐普拉又宣佈每位到場的觀衆都能拿到一個紙盒，盒子裡如果有一把車鑰匙，就是第十二台車的得主。

一、二、三，大家一齊拆開紙盒，不可思議的尖叫聲幾乎掀開攝影棚，每一位觀衆都得到一把鑰匙，那一天，歐普拉送出兩百七十六輛新車，每台價值兩萬八千美元。

不僅是獲得車子的幸運兒，所有觀看著的人，都共同體會了美夢成眞的興奮與感動。

歐普拉沒有捐出財產，轎車當然是由汽車公司提供的，但是，當世界上有權力的人不斷摧毀他人的生活與夢想的時候，她卻藉由傳媒的力量，令人美夢成眞。也許有人認爲這一切只是宣傳花招，沒什麼了不起，然而，這些年歐普拉確實利用高知名度幫助許多人過更好的生

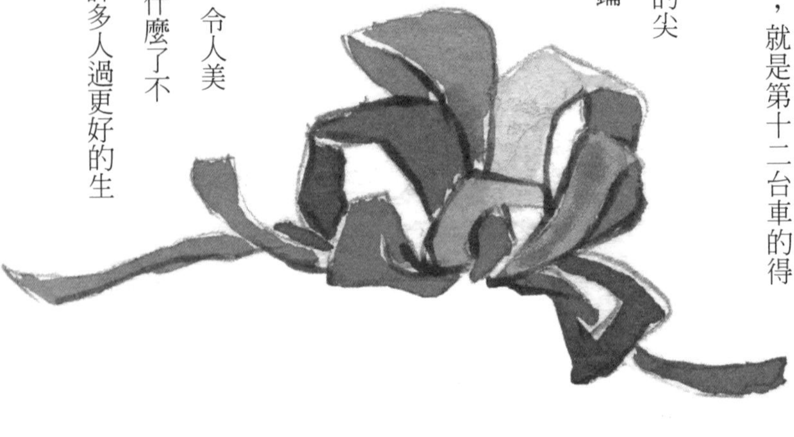

活，幫助失學的孩子籌募經費，還計劃在南非蓋學校，如果不是她持續累積的正面形象，汽車公司怎麼會這樣大手筆的贊助？

世界各地都有從事傳媒工作的女性，她們有智慧，也有知名度，極有企圖心，可是，她們成不了歐普拉。因為，她們期望的都是如何成就自己，歐普拉卻能夠讓需要幫助的人實現夢想。人們若都能自我實現，這會是個充滿朝氣活力的社會；人們若還能成全他人，這必然是溫暖有希望的人間。

我想到杜甫的時候，常常會想到他那首〈茅屋為秋風所破歌〉。歷經安史之亂的劇變，窮困潦倒的杜工部，四十九歲那年，因著親朋好友的資助，在成都西郊浣花溪畔築起一間草房，暫時得以安居。後人稱為「杜甫草堂」，也變成懷想詩人的重要景點。然而，一個秋夜，忽起強風，吹翻了他的屋頂，使得原本貧窮的一家人，連個乾燥的安寢之處也沒有。百般無奈的杜甫，忍著苦楚寫下這首詩，最令人驚訝的是，他並不一味抱怨自己的悲慘境遇，反而因為這樣的災難，想起普天之下，與他一樣無處安身的人們，只能在風雨饑寒中掙扎。

「安得廣廈千萬間，大庇天下寒士俱歡顏，風雨不動安如山」，明明身在苦難之中，卻能夠超脫自身，關懷著其他也在受苦的人。這便是杜甫的人道主義精神，也是一個知識份子最高貴的情操。

近年來有房屋仲介公司，將杜甫這幾句詩作為廣告宣傳文案，然而，抽離了杜甫的人生際遇與思想情感，僅剩下古典情味，卻沒有堅實動人，普遍的關懷力量。而當杜甫沿著溪畔，狼狽追逐著屋頂上的茅草，也絕不會想到，千年之後，會成為房屋廣告代言人吧？

詩人好望角

茅屋爲秋風所破歌

唐・杜甫

八月秋高風怒吼號，卷我屋上三重茅。
茅飛渡江灑江郊，高者持罥長林梢，下者飄轉沉塘坳。
南村群童欺我老無力，忍能對面爲盜賊。
公然抱茅入竹去，脣焦口燥呼不得，歸來倚杖自歎息。
俄傾風定雲墨色，秋天漠漠向昏黑。
布衾多年冷似鐵，驕兒惡臥踏裡裂。
床頭屋漏無乾處，雨腳如麻未斷絕。
自經喪亂少睡眠，長夜沾濕何由徹。
安得廣廈千萬間，大庇天下寒士俱歡顏，風雨不動安如山。
嗚呼！何時眼前突兀見此屋，吾廬獨破受凍死亦足！

八月深秋，狂風像是發怒般的吼叫著，聲勢驚人，捲走了我屋頂上覆蓋三層的茅草。茅草被風掀飛，吹過浣花溪，散落在對岸郊野。高飛的茅草掛結在樹梢上，飛不起來的便飄落到低窪的水塘裡。南村的一群孩童欺負我年老沒力氣，竟然忍心當著我的面像盜賊似的搶了東西，就毫無顧忌地抱著茅草跑進竹林去了。我喊叫得唇焦口燥一點用處也沒有，只好回來，拄著枴杖，無奈的歎息。

過了一會兒風停下來，天空裡的烏雲黑得像墨，深秋廣漠的天色昏暗，漸漸要黑了。衾被蓋了許多年，又冷又硬，像鐵板似的。孩子睡相不好，翻滾著把被裡蹬破了。屋頂漏雨，連床頭都沒有一點乾燥的地方。雨水這樣多又密集，下個沒完沒了。自從戰亂以來，歷經離喪，已經很少能夠安睡了，長夜漫漫，屋頂漏水床榻盡濕，要怎麼熬到天亮？

如何才能得到千萬間寬敞高大的房子，好好地庇覆著天下貧寒的讀書人，讓他們個個都開顏歡笑，不再被風雨所動搖，安穩得像山一樣？

唉！什麼時候在眼前能出現這樣高聳的房屋，就算我的茅屋被吹破，自己受凍而死，也是心甘情願的啊！

杜甫（西元七一二～七七〇年）是唐代最有名的寫實詩人，經歷了唐玄宗、唐肅宗、唐代宗三個皇帝統治的時期，也是唐王朝由太平盛世轉至衰落的大動盪時期。杜甫在這個動亂的大時代，幾番蓬轉，轉出了偉大的現實主義詩歌，記錄下當時社會生活的眞實面貌，具有很高的史學價值，所以人們稱杜詩爲「詩史」，稱杜甫爲「詩聖」。

杜甫出身詩家，年少時便抱持著「致君堯舜上，再使風俗淳」的想法，希望能以個人之力輔佐像堯舜這樣的明君，讓百姓都能回歸純樸的生活，這是典型的儒家思想與理想。然而，他個人的仕途始終坎坷不順遂，不僅抱負無法施展，連不滿一歲的幼兒也因爲饑饉而夭折，這樣的打擊確實很難負荷。詩人從自身而幅射到天下百姓身上，明瞭了大家都在怎樣的煎熬中過生活。

「朱門酒肉臭，路有凍死骨」，是對於貧富不均的社會提出抨擊；「炙手可熱勢絕倫，愼莫近前丞相嗔」，是對於皇家貴族極度享樂的諷喻。這樣的朝廷已如大廈將傾，終於引來了安祿山叛亂。至於著名的〈春望〉詩：「國破山河在，城春草木深。感時花濺淚，恨別鳥驚心」這一首，更是親身的流亡經歷，他愈深入民間，愈同情百姓的生活，愈理解大衆的痛苦。

從來沒有在官場得意過的杜甫，晚年困苦的居住在草堂中，僅只獲得起碼的安定而已，卻顯得心滿意足。當他的屋子被秋風所破，他仍能在現實之外，勾勒出一個廣闊的夢想，希冀能以一己之力，爲普天下所有的有志之士，提供一個樂土。這個美夢太美好，讓我們也忍不住想要一同入夢。

年歲與閱歷，使我們的生命更精緻

物色舊時同，情味中年別

在我任教的學校旁邊，有一條不大不小的溪流，從我二十幾年前在這裡念書，它就潺潺地流著。溪裡有許多魚，每到春天和秋天，便會吸引一群群釣客前來，垂下竿子，靜靜等待游魚上鉤。他們凝定不動的身影，宛如溪邊雕像，也有一種美麗。我曾爲這條溪寫過一篇散文，叫作〈一條有魚的溪流〉。

然而，這幾年的乾旱，使得溪流的面貌轉變了。它的河道變得窄狹，溪底的石子盡皆暴露出來，甚至溪床上長滿青草了，青草漸漸形成草原，溪水變成了小溝渠。那些魚擁擠著，努力擺動身軀，稍一不慎，就會被擠到岸上，擠進草原裡了。

有時候，我走過溪邊，眞是覺得沮喪。明明是一條豐沛的溪流，卻只能悄悄地乾涸了。就好像明明是一個充滿活力朝氣的人，卻因爲情感與理念受挫，變得懷憂喪志了，變得不再熱愛生命了，變成另一個灰暗的人生了。

在我的網站上，有讀者留言給我，說是她看見那個遭受情傷而從高樓跳下的女孩的故事，她自己也有著相同的故事，能不能也「自私」一次，做同樣的選擇？我無法立即回覆，因爲我也想到自己有過的那些絕望時光，想到自己也曾在高樓徘徊，也曾聽見靈魂空盪盪的吶喊：我再也撐不下去了。

原本，我是一條溪流，怎麼竟荒廢成一片草原呢？

經過前幾年的乾旱，今年的雨水特別多，我的研究室望出去，越過籃球場，正好可以看見溪流。那一天，我從文稿與電腦前抬起頭來，竟然看見已經好久沒有見到過的溪水，溪中的水像聽見春日呼喚那樣的甦醒過來，湯湯奔流著。而現在其實是秋日，是水落石出的季節，已經被曝曬好久的石子，終於可以清涼的在水底休息。

我忽然像得著了一種啓示，我們的生命也都有乾涸期的吧，如果不願等待雨水將我們充滿，不能等待幸福再度降臨，我們將澈底失去機會——成爲一條有水的溪流。

其實，我以前並不曾注意過這條始終存在的溪流，我情願走到很遠的地方去看海。我以爲只有海水的波濤與壯闊，才是值得讚嘆的風景，浪濤激烈的拍打著巖壁，激起雲煙與白沫，多麼撼動人心。只有在這神奇偉大的景觀之前，我們的生命才能被激勵，才能有啓示。

直到有一次，我走過溪邊的道路，無意間望向潺潺流動的溪水，看見一閃一閃的亮光，定睛一瞧，原來是魚翻身。許多大大小小的魚兒，聚集在水流中，有時候，牠們游過淺水區，水那麼淺，幾乎就要露出岸來了，看似一個阻礙，魚兒的身子一翻，拍幾下就過去了。而水面上的閃亮，正是牠們翻身時，鱗片的光芒。我看得有些癡了，受到一些撼動。常常，我們以爲遇見一個瓶頸，衝不過去了，因而沮喪、挫折、消沉，其實，也許只要換個姿勢，便豁然開朗，以前怎麼都沒想過呢？

「物色舊時同，情味中年別」，這是宋代劉克莊的詞，談的就是這樣的一種心境。中年，是個非常重要的階段，收斂起青年時期的狂情，對於世態人情有了更深的理解，前途卻仍充滿著挑戰與未知。對於中年人來說，刺激的震撼不再是一種追求了，有情味的生活才是眞實的喜悅。重新學習著，去欣賞那些始終都在身邊的尋常事物，並且發現親切的啓示。

就像在春天的溪畔，我看著水流中的魚翻身，浮起的神秘微笑。

詩人好望角

生查子

繁燈奪霽華，戲鼓侵明發。
物色舊時同，情味中年別。
淺畫鏡中眉，深拜樓中月。
人散市聲收，漸入愁時節。

——宋・劉克莊

這是一闋元宵夜的作品，在元月十五這一夜，四處都是美麗的燈，妝點得輝煌奪目，連天上月亮的光芒也被遮掩了。戲棚子裡的戲劇正熱鬧的搬演著，雖然天色將要亮了，黎明將近，鼓聲仍一陣陣響著，並不歇止。這些過節的景物與氣氛，和過去每一年都是一樣的，其實並沒有什麼不同，然而，因爲人到中年，心境不同了，一切景物看在眼中，便也有了不同的感受。對著鏡子畫眉，卻不再崇尚濃妝，只要淡淡的一掃娥眉便好。倒是在樓中對著月亮，誠心誠意的，深深敬拜，希望心中的願望可以實現。遊人漸漸散去，街市中的喧鬧聲也漸休止，當寂靜來臨的時候，也就是孤獨愁緒襲上心頭的時節了。

劉克莊（西元一一八七～一二六九年）生於南宋凋零的時代，因爲父親在朝爲官，便也得著一官半職，擔任過縣令。年輕時的他，精通韜略，武藝高強，很有報效國家的志向。然而，歷經五朝君王，全無起色，南宋已如日薄西山，是無可挽回了。劉克莊曾因爲〈落梅〉一詩，得罪當朝權貴，有十年時間被閒置。在這樣的困頓抑鬱中，他並未因此消沉，反而創作了大量的激昂愛國的詩詞，共計五千多首詩，兩百多闋詞，便是他交出的成績單。

劉克莊到了中年以後，漸漸走上了疏放的路子，也是對現世無可奈何的一種對抗吧。他曾在〈一剪梅〉中描寫朋友爲他送行，兩人熱烈討論文章的場面，寫來生動如畫：「酒酣耳熱說文章，驚倒鄰牆，推倒胡床，旁觀拍手笑疏狂。疏又何妨？狂又何妨？」這種疏狂的情態，引得旁人圍觀，而他毫不在意，只是不假虛飾的表現出眞實的自己，這不也是一種中年情味？

若有才華，就不怕沒有機會

莫愁前路無知己，天下誰人不識君

曾經有個朋友對我說：「妳必然是個很寵學生的人。」我問他為什麼這麼說，他說這麼多年從沒聽我說過學生的不好，說起來都是好。所以，他得到一個結論，如果我不是特別愛寵學生，我就是個虛偽的人。

我怔了片刻，想著他說的話，我猜想，我願意給學生更多的肯定與鼓勵，是因為我在成長的過程中，曾經那樣渴望獲得別人的認可，以確立自己的存在。所以，當我成年之後，當我站在一個老師的位置，我願意選擇以讚美代替苛責，雖然這兩種表達方式都有激勵作用。

從小我的父母親是不會稱讚我們的，因為我的外婆曾經這樣對我的母親說：「自己說好，不算真的好。要別人說你好，你才算是好。」他們這一代的人相信棒下出孝子；相信慈母多敗兒，父母並不厲行棒棍教育，但，他們相信小孩不能誇。偶爾有親朋好友來我家，看見我們乖巧有禮貌，免不了誇讚兩句：「你們家小孩真乖。」

父母親便以一種闢謠的緊張情緒來反駁：「唉，都是表面乖，其實啊……」其實很懶啊；其實很不專心啊；其實一點也不用功啊，這些缺點輪番上陣，聽著聽著，我們的氣勢也萎弱了，覺得自己確實不好。

直到國中時我遇見一個同學，我們倆永遠掛車尾，像約好了似的，不是她倒數第一，就是我倒數第一，老師見到我們都搖頭，說我們倆一樣沒救。聯考那天，我們倆進考場考試，兩個母親在場外聊天，母親數落我的成績與種種缺點，說得義憤填膺，同學的母親卻說她的女兒是天下無雙的好孩子，種種世間少有的好處，連功課不好也是學校和老師的問題。

那一天，是我母親的震撼教育，明明是半斤八兩的兩個孩子，評價怎會天差地別？如果連自己的母親都說女兒不好，世界上還會有誰認爲她好？

從此之後，母親換一個角度看我，她發掘我的好處，當別人稱讚我時，也能勉強接受：「這個女兒，還算可以啦」，這已經是很大的進步，而我確實愈來愈願意表現得好一些。

不說自己好，是我外婆那個年代的想法，似乎有點過時。可是，等我長大，漸漸發現，外婆的話其實也有著老歲人的智慧，尤其是聽見許多人整天忙著誇耀自己，說得天花亂墜，等到眞正一出手，又讓人跌破眼鏡。我甚至覺得不斷誇耀著自己的人，也許都是因爲不夠好，才這樣急切侷促，失去了從容與自信。

盛唐邊塞詩人高適有這樣兩句詩：「莫愁前路無知己，天下誰人不識君」，說的就是這樣一種情懷。他鼓勵眞正有才華的人，不必煩惱何時才能成名；不必煩惱自己的才華不被世人瞭解，如果是一顆夜明珠，便是身處暗室之中，也會發出璨然奪目的光采。

當我們小的時候，因爲不瞭解自己，對於別人的看法和評價便非常在意，很怕自己不能受人喜歡，不能被人肯定。因此，我很願意多給孩子一些鼓勵，幫助他們發掘自我，肯定自我。

至於成年人就不同了，我在認識新朋友的時候，會留意他對於自己的看法，是否急切矜誇，數說自己的事蹟與輝煌。每當看見有成年人滔滔不絕的表述著自己，我總覺得，像是在聽一個沒有自信的小孩講話。

我們必須爭取每個可以充實自己的機會，因爲我們要面臨的挑戰，是長長的一世人生，唯有準備好的人，在取得機會的鑰匙時，才能開啓那道成功之門。

詩人好望角

別董大

千里黃雲白日曛，北風吹雁雪紛紛。
莫愁前路無知己，天下誰人不識君。

唐・高適

一望千里如黃沙般的雲彩，白日已轉爲夕陽昏黃，寒冷的朔風吹走了雁鳥，吹來了白雪紛紛。不用擔心此去沒有知己，你的曠世才能，將會讓天下所有人都識得你的大名。

這首七言絕句的作者，是唐代著名的邊塞詩人高適（西元七〇四～七六五年），他具有遊俠風格，早年遊歷邊塞，尋求施展抱負的機會，卻始終落空。他曾經擔任過一代名將哥舒翰的幕僚，出入戰場，對於邊塞生活的艱苦，自然景觀的雄偉，也深有體悟。他的個性耿直，不願阿諛諂媚長官，也不願壓迫生民百姓，所以，仕宦之途並不順遂。

在遊歷生活中，卻與詩人李白、杜甫、王昌齡、王之渙等人，結爲好友。尤其是對於比他小九歲的杜甫，在詩方面的造詣，十分折服，將杜甫視爲老師，常常講究詩的結構與技巧。直到五十歲之後，高適才努力學詩，而他的詩作立即呈現出純熟的風格，受到重視。

他也是到中年以後，官運才漸漸亨通，受到了朝廷重用，當他擁有了富貴榮華，並沒有忘記舊日故人，杜甫在生活最潦倒貧困時，曾去信向他求助，他也確實幫助了朋友。

這首詩是要送給唐玄宗時代一位著名的琴客，叫做董大的，他是一位不在意名與利，卻熱衷於音律的音樂聖手。當時的高適也是堅持於理想，而不屈服於現實的，因此，這首送別詩，並不像一般的離別之作，瀰漫著離情愁緒，反而滿懷信心與向前的力量。

這是送給董大的詩，未嘗不是對於高適自己的信心喊話。

停下奔忙腳步的那一刻，才是人生的開始

行到水窮處，坐看雲起時

我有個朋友，在工作場域中非常活躍，她二十歲進入商場，從最基本的業務助理做起，而後，在三十歲時擁有自己的公司，自己的品牌。爲了工作，她從不休假，四處飛行參展，很多時候，從異鄉的床上醒來，不知道自己置身在哪一個國家？「工作是我的氧氣」，這是她的口頭禪。

而我確實曾經見識過，她原本暈車，病懨懨的，但是客戶一出現，她馬上神采奕奕，精力百倍。然而，這個商場上的女強人近來卻被失眠所苦，她愈來愈萎靡，神經緊繃易怒。

有一天，我們聊著聊著，她忽然哭起來，不可遏止地痛哭，然後她問我：「這就是我的生活嗎？我要到什麼時候才能停下來，喘一口氣呢？」

我沒有回答。不知道該說些什麼。同時，我也在思考這個問題，要到什麼時候，才可以停下來喘一口氣呢？

過了幾天，一個香港朋友來台北出差，我們約在東區夜的街頭相見，我問起他的父親是否安好。朋友的父親是位相當有趣的老人家，他是個成功的

生意人，年輕時四處奔波，養著好幾個家，年紀大了之後，從商場退休，過著悠閒的生活。第一次我看見他，是在馬會，老先生臉色紅潤，喘吁吁剛游完五百公尺上岸，喝一杯鮮果汁，開朗熱情，同我談張愛玲和魯迅。他的健談與見多識廣，都令人印象深刻。

在香港居住的那段時間，朋友常約了我和他的父親一起出外覓食，面對好吃的海鮮與燒肉，老人家豪情大啖，全沒有高血壓或膽固醇的疑慮。我也曾隨著他去賭馬，結果當然是輸了，可是，看他縱橫馬場中的樣子，彷彿還有縱橫商場的氣勢。

隔個一兩年，我便會去香港拜訪朋友和他的父親，老人家照例要給我熱情的擁抱。他曾有過的淺低潮，是換了滿嘴假牙，還不太好用。隔了半年再見面，便已經虎虎生風，啃起螃蟹來。

這一次我問起朋友的父親，他說父親是很好，就是有點令人擔心。原來，老人家近來迷上了隨性旅行，早晨起床，看見天氣不錯，吃早餐的時候，忽然一隻鴿子飛過；或是在路上遇見一對金髮旅人；又或者是聽見一個小孩唱著歌，總而言之，他的內心若是突然受到了感動，便是出遊的好天氣了。他準備個簡單行李，先乘船到深圳，再去機場問地勤人員，去哪裡的飛機還有空位啊？人家說是西安，好吧，今天就去西安了。

上飛機之前，掛個電話給兒子，說我要去旅行了。幾天沒有訊息，然後又接到電話說我已經回來了。朋友說總是不知道父親人在哪裡，怎麼不教人擔心？我卻覺得他是多慮了，應該感到高興。

老先生挑選的是沒有語言障礙的地區，全程隨性的行程，沒有計劃，只是到處問人，卻也眞能看見許多有趣的，吃到許多美味又價廉的，他都記錄下來，再把旅遊經驗告訴孩子們。這樣的生活給我很大的啓示，年輕時候我們努力工作，爲的不就是年老時可以自由的行走？像老飛俠一樣，張開披風遊世界。

「行到水窮處，坐看雲起時」，這是我一直記得的，王維的兩句詩。我把

這兩句詩寫下來寄給痛哭的朋友，也送給自己。

年輕時的我們，用工作來換取生活所需，有時候竟以爲工作才是生命的重心，於是，將自己完全奉獻給工作，竟沒有停下來的一天，直到上帝按下生命的終止鍵。我不想過這樣的生活，努力工作爲的不是工作本身，爲的是要讓自己有悠閒的一天。

一個趕路的人是看不見周遭的風景的，只有停下來的那一刻，好山好水才能顯現出完整的面貌，如同白雲從崖底飄昇而起。

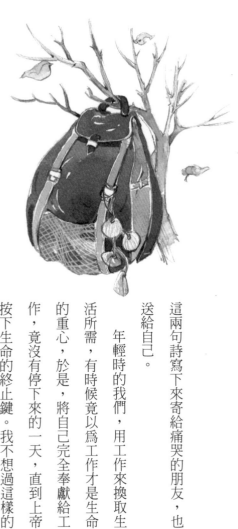

詩人好望角

終南別業

中歲頗好道，晚家南山陲，
興來每獨往，勝事空自知。
行到水窮處，坐看雲起時，
偶然值林叟，談笑無還期。

——唐・王維

中年之後，厭倦了仕途的艱險，反而對於佛家的思想與生活態度，感到很親近。晚年更搬遷到了終南山下，在輞川別墅裡安居爲家了。常常在一時興起的時刻，便自己一個人外出散步，沿途那些美好的風光，都只能自己一個人觀賞與領略了。沒有目標，隨意沿著流水行走，走著走著就到了水的盡頭，既然已經無路可走，索性坐下來，非常悠閒的觀看著，白雲從山岫飄昇而出。偶然會遇見居住在山中的老人，便閒聊起來，聊得投機，竟連回家的時間也忘卻了。

盛唐詩人王維（西元七〇一～七六一年），是個天才兒童，九歲便能作很好的詩。年輕時因人引薦到公主府邸演奏琵琶新曲〈鬱輪袍〉，讓公主留下深刻印象。他為人謙遜雅潔，不僅工於音律，也是中國浪漫畫派的始祖，一幅〈雪中芭蕉圖〉，超越現實卻能表達美的境界。

三十歲時他的妻子去世，從此他終身未娶。結交許多道士與僧人的好友，也漸漸從儒家的思想中，走進了佛家恬靜禪趣的生活。

向來很受皇帝與群臣敬重的王維，遇見了生命裡一次最大的難堪，是在他五十七歲那年，安祿山叛亂。來不及隨玄宗逃走的他，只好服藥取痢，不肯效忠安祿山，然而，因為他的詩名，安祿山將他遷到洛陽，軟禁在寺廟裡，硬是給了他一個官職。他含著屈辱生活，此後更加強了想要從現實的煎熬，遁逃到清靜生活的願望。

等到肅宗即皇位，安祿山亂平，王維幾乎惹上殺身之禍，所幸他的弟弟王縉以自己的官職為他贖罪，才能逃過一劫。

備受矚目的前半生，動亂驚險的後半生，這位才華橫溢，風流蘊藉的藝術家，都經歷過了。到了晚年，他所追求的，也不過就是一種閒適的生活。完全不被時間所催迫的，隨興所至的，跟著流水行走，看著白雲移動，這或許才是真正的人生。

孤獨，一種永恆的存在

念天地之悠悠，獨愴然而涕下

這是一個媒體訪問，攝影師拍完照已經離開了，年輕女記者似乎也已經結束工作，當我們正在收尾的時候，她忽然傾身，輕聲地，有點怕冒犯到我似的問：「像妳這樣的一個女人，在夜深人靜的時候，難道不會覺得孤獨嗎？」

我誠實回答，當然會的。不僅是在夜深人靜的時候；而是在與朋友歡聚的瞬間；在課堂上注視著學生的眼睛的片刻，當我在餐廳吃飯，在捷運上望著高高低低的屋頂，甚至在我接受訪問的這段時間，都會有孤獨的感覺。

女記者彷彿挖到了寶，在小筆記本上振筆疾書，一邊追問：「那，妳都是怎麼處理的？」

我說我都不處理。

女記者抬起詫異的眼睛：「啊？不處理？」

我問她，妳難道從不會覺得自己是孤獨的嗎？她想了想：「當然，有時候也會覺得自己是孤獨的。」

她也覺得孤獨，我也覺得孤獨，每個人都會覺得孤獨，那麼，孤獨就是一種常態。就好像餓了要吃，睏了要睡眠，需要特別處理嗎？

「前不見古人，後不見來者」。小時候讀這首詩，覺得這眞是一種可怕的孤獨，一定是因爲作者登山爬得太高，再沒有人可以企及，於是，只得面對這樣的孤獨感。甚至隱隱然告誡自己，不必出類拔萃，也不必高人一等，只要做一個平凡人就好。

等到漸漸長大才發現，不管你是一個什麼樣的人，不管你過著什麼樣的生活，都逃脫不了孤獨感。因爲我們的靈魂，都是孑然的存在，只能盡量與他人靠近，不可能完全契合；而我們的欲望，卻是要與他人完美結合，水乳交融，理想與現實勢必會有落差，於是，孤獨感縈繞不去。「念天地之悠悠，獨愴然而涕下」，就成了我們共同的命運了。

〈登幽州台歌〉是唐代詩人陳子昂的作品，他生在富貴人家，從不需要爲衣食發愁，年少時代呼朋引伴四處闖蕩與闖禍，卻也疏財仗義，很有幾分俠氣。直到十八歲那年經過書院，看見與自己同齡的人都在認眞苦讀，忽然被觸動了。覺昨是而今非，他進了書院，閉門苦讀，二十四歲便取得功名。子昂初抵京師，拿著自己得意的詩作四處找人評賞，卻沒人理會他。有一回，他從街市走過，看見有人用百萬高價兜售胡琴，圍觀的人很多卻沒有人出價，子昂買下了胡琴，還廣邀衆人去他家中聽他演奏。衆人都很好奇，也想聽聽百萬琴音究竟何等美妙。然而，子昂非但沒有演奏，還當衆摔碎了胡琴，在群情驚動之中，他將詩文分贈衆人，於是，一夕之間，陳子昂名滿京都。

他顯然是個積極而有企圖心的人，只是，在武則天當政時代，他的仕宦之途並沒有一帆風順，悵然失意的孤獨感，便成爲他心中最深刻的感懷了。然而，我常想，就算他相交滿天下，就算他直上青雲路，難道就不會感到孤獨了嗎？

我常看見青少年蹺家，或是聚衆滋事，總是以「因爲我覺得很孤獨」爲藉口，因爲不願意孤獨，不想自己一個人，所以，哪怕走的是不對的道路，也只得一步步走去。我常看見有些人生兒育女忙碌一輩子，爲的是不願老來孤獨無依，可是，當他們老去，仍只得自己一個人孤獨度日。彷彿過去種種都只是枉然。

這一切都是因爲，我們並沒有認清孤獨的眞相啊。孤獨，是一種與生俱來的永恆存在，我們在孤獨中思考、創作、回憶、夢想，孤獨可以成全我們，讓我們的生命更完整。

認識到這件事之後，我再不以爲孤獨是可悲的，我接納了自己的孤獨，與它和平相處，於是，它變成我靈魂的一部分，也變成我最忠誠的陪伴。

詩人好望角

登幽州台歌

前不見古人，後不見來者。
念天地之悠悠，獨愴然而涕下。

——唐・陳子昂

站在此刻的時間點上，那些已走入歷史的，古代的賢達名士，是無法見到的。未來將會出現，成為知己的人，也還來不及遇見。天地如此遼闊，歲月這樣悠長，想起宛如宿命一般的孤獨感，忍不住掉下淒楚悲愴的眼淚。

唐朝詩人陳子昂（西元六六一～七〇二年），對盛唐時期的詩歌發展有重要影響，他的詩作帶有哲思意味，取材也更為寬闊，從個人感懷延伸為宇宙萬古常新的共通感受。陳子昂是個具有見識與才能的文人，武則天當政時期，他常常直言上諫，提出許多批評，都未獲採納，甚至還被誣為逆黨而下獄，內心的沉鬱苦悶是可想而知的。

在他三十五歲那年，契丹來犯，攻陷營州，武則天委派武攸宜率軍征討，子昂則在幕府擔任參謀，隨軍出征，他提供了許多策略，以為可以一展長才。然而，武攸宜這個皇親國戚，對於征戰之事根本一竅不通，卻又不聽建言，反而把滿腔熱情的子昂降職。

一再受挫的陳子昂，登上位於北京的幽州台，便寫下了這首傳唱千古的詩。天地之大，竟沒有可以施展抱負的空間；芸芸衆生，竟找不到可以理解自己的知音。孤獨感，是他最深刻明確的擁有。

詩人品味著這樣的孤獨；玩賞著這樣的孤獨，雖然爲之落淚流涕，然而，他應該已經瞭解到，這將會伴隨著他的一生，這也是伴隨著我們每個人一生的眞實感受。

交出軟弱病苦的自己，才是大自在

君乘車，我戴笠，他日相逢下車揖

在一場「經營親密關係」的講座活動中，我設計了幾個題目，給在座的人自我檢測。「如果你中了十億，會把這個消息告訴幾個人？」我其實常常聽見有人說：「如果中了十億，我會消失」，消失到哪裡去呢？消失的意思，是不是表示要到另一個地方展開新生活，並且斷絕一切舊關係？那是不是就表示舊日生活中，竟無一個可愛之人，沒有一件可戀之事？如果眞是這樣，人生不是太可悲了？這麼可悲的人生，會因爲得到十億而變得截然不同嗎？

假若絕大多數的我們，都沒有中獎的好運氣，是不是也就沒有改善人生的可能了？

講座會中有一、兩個人是不會把中獎的事告訴任何人的。這使我想到第一次樂透開出大獎時，得獎者是個男性，據說他也打算保守秘密，不讓妻子和家人知道這個消息。沒有人可以分享的喜悅，是不是太寂寞了些？還好，大多數人會告訴三到十個人，自己得到鉅額獎金的事，而這些人主要是家庭成員，可見我們覺得最可信靠的還是自己的家人。

「如果你得了絕症，會有哪些人在身邊照顧你？」我又丟出了這樣的問題，多數人都能找到三個人以上，是那種不避穢污，不離不棄直到最後一刻的。我也注意到，有人竟是連一個人也沒有的。當生命終結的時刻，身邊竟然沒有一個人，是怎樣的孤獨啊，簡直比絕症更可怕。當然，還有一些題目，像是「當你失眠並且覺得很孤獨的半夜，可以毫不顧忌的打電話的人，有幾個呢」；「當你失戀或失業的時候，有幾個可以分擔憂傷的人？」

其實，這些問題只是想讓大家思索，在這個世界上，有多少人可以與你同享富貴？又有多少人可以爲你分擔痛苦？

小學時候，我唸過一首詩，一直都很喜歡：「君乘車，我戴笠，他日相逢下車揖。君擔簦，我跨馬，他日相逢爲君下。」這是一首古代歌謠，不知道作者是何許人也，小時候背誦著也只是一知半解。在成長之中，卻不斷以遭遇和經歷，更深刻的體會著歌謠中的涵義。

人生都有得意與失意的時刻；人生也都有軟弱與堅強的際遇，當我們運勢正好，比較能夠親切對待困頓的朋友，然而，當我們運勢低落，卻不能坦然面對鴻運當頭的朋友，因爲自慚形穢的緣故。

我們只能讓人見到最完美的形象，或是最堅強的一面，卻不願意顯露軟弱與病苦，擔心別人會因此嫌棄或看輕自己。然而，眞正可貴的情誼，是不會因爲貧賤或富貴而改變的，也不會因爲落魄或得意而消滅，是可以安心的全然交託自己，接受對方的。

講座結束後，一個年紀與我相仿的男人等著和我說話，他說這個檢測做下來嚇到了他自己：「我發現如果中大獎，我願意告訴好幾個人，也願意和他們分享。可是，接下來這些壞事發生的時候，我竟然找不到一個人分擔……
……我是怎麼了？」

這其實是表示他不信任自己，也就是不信任身邊的人，他以爲這些人只能接受他的給予，卻不願意爲他付出。我告訴他，還來得及，把自己交出去，把自己的軟弱困惑交出去給別人，學著讓別人分擔，讓別人照顧。「你是一個好人，但是，不要做一個孤獨的好人。」我對他說。

生命其實是一個病場，沒有人願意孤孤單單身在其中，不要讓自己孤獨的住進絕症病房。能夠把自己全然交託，便沒有恐懼；能放心的交出軟弱病苦的自己，才是大自在。

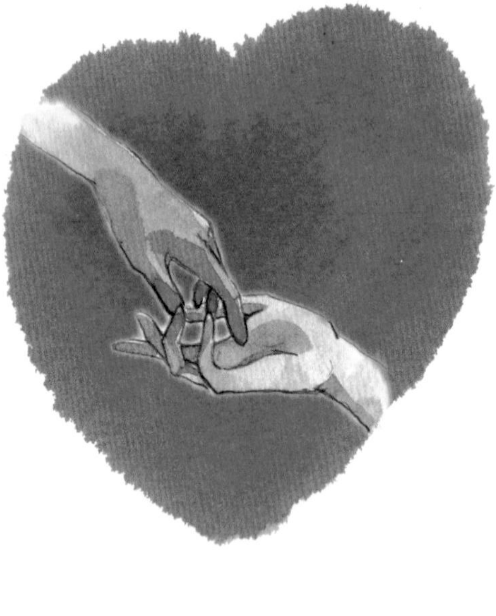

詩人好望角

越歌謠

君乘車，我戴笠，他日相逢下車揖。
君擔簦，我跨馬，他日相逢爲君下。

——漢・佚名

當你飛黃騰達，乘著車子出門來，遇見貧賤的我，戴著一頂草帽，徒步而行，非但沒有嫌棄，還特別下車來，與我行禮作揖。將來有一天，你失去了富貴榮華，擔著一柄傘，在路上行走著，而我正當順境，騎在駿馬上，與你路上相逢，我必然也會爲了你特別下馬來寒暄問好的。

漢朝盛行樂府和民歌，漢武帝時代還成立了樂府官署，有近千名的采樂官，廣泛收集民歌。可惜被收錄的民歌大都沒有好好保存，到了漢哀帝又不喜歡這種民間歌謠，下令罷樂府官。但是，民間的喜怒哀樂，各種生活與情感面貌，仍是寄託在歌謠裡表現，樂府歌謠根本是無法禁絕的。只是，因爲歌謠在當時並沒有受到應有的重視，許多創作者都沒能留下姓名。

這首詩談的正是人們普遍的夢想，那就是所謂的「貧富不易交」。我們認識了一個朋友，欣賞的應該是他的內在本質，而不是他的身份地位，應該也不是他能爲我們帶來多少好處。因爲每個人的地位和處境，都是可能會改變的，只有內在的本質才是最眞實的。

對一般人來說，處身順境，很願意與逆境的朋友來往，甚至也願意幫助他們。可是，當我們自己處於逆境中，爲了自尊與種種難以言說的幽微情緒，反而不能把自己交託給別人，總擔心會成爲別人的負擔，總是不能放心，不能放心便成爲我們最大的負累。然而，這是一個互助的世界，人類的痛苦，因著互助而能度過，人類的文明，因著互助而能進步。學習著把病苦軟弱的自己交託出去，才能眞正的心安理得。

不能貫徹始終，便將前功盡棄

種田不熟不如荒，養兒不肖不如無

我們都知道年紀漸漸老了，便會反應遲緩，會視茫茫而齒牙動搖，會百病叢生，到最後會過世。但，我們並不知道，也有些人老了之後，會人間蒸發，像一團霧氣似的，消失不見。有段時間，我們常在新聞之後，看見一張張失智老人的照片，請求大衆協尋，帶他們「找到回家的路」，這些相片的背後，有著多少令人不忍的故事啊，我常常這麼想。

如今，老人福利聯盟失蹤老人協尋中心更表示，有一些老歲人，並不是失智，而是離家出走，再無消息了。這些人間蒸發的老人，是主動選擇用自己的方式離開的，他們彷彿已經規劃了許久，退場的時間與路徑，只許成功不許失敗，他們多半是成功的，一去不回。

他們很多時候，都是穿戴整齊，像是要去晨運或買菜或出門旅遊那樣的，看見鄰居或熟人，還會閒話家常，完全是個尋常的日子，一點也不特別。有些還會打電話回家裡，告訴孩子，這裡很不錯，我決定多住個一天再回家。孩子追問，你身上的錢夠嗎？夠的，你不用擔心，不用擔心我。然後，老歲人再也沒有出現，再也不需要別人擔心，卻成爲家人一輩子的痛心了。

這些老歲人離家時搭乘電梯，監視器還能看見他們的身影，電梯門開，蹣跚而堅定的步伐邁出去，一去不回。

台灣老年人的自殺率年年升高，早已超越歐美，躍升世界前幾名，僅次於日本和南韓了，沒有自殺的老歲人，卻選擇了人間蒸發。我們的老人，眞的這麼不快樂嗎？

老歲人已經從激烈競爭的戰場上除役，不必背負沉重的壓力，原本應該可以頤養天年的，然而，他們的存在感也同時失去了。人不知道自己因何而活，找不到目標與希望，生命便成爲苦刑。我們可以挑戰忙碌與艱難，卻很難對抗虛空。

這些年來，老人問題漸漸成爲一個嚴重的社會問題了。當老人失蹤或者被棄養，大家就會將矛頭指向兒女，差不多都歸咎於兒女不孝。

我聽過一個被控訴不孝的兒子，滿臉無奈的對人說：「他說他是我爸爸，可是他沒有養過我一天，我為什麼要養他？」我們確實也看過許多父母，雖然為人父母，卻並沒有擔負起父母的責任，甚至把教養小孩當成一種劫難。

他們沒有眞心的付出，也沒有享受過程中的快樂，只是一年一年的熬著，等到孩子長大了，也就熬出頭來了。這樣的親子關係是毀壞的，容易崩解，當然避免不了許多悲劇的發生。

美國有一對父母親，養了十七歲的兒子和十二歲的女兒，這兩個孩子從不幫忙做一點家事，連母親開刀休養期間，也必須要到草坪上工作，痛苦不堪的母親向兒子求援，兒子竟然理也不理，父母親狠下心來，搬出房子，在院子裡露營，不再為孩子做任何事了。他們不再煮飯、洗衣、做清潔，成為一對罷工的父母親。這個消息震驚全美國，許多父母親都對罷工父母表示支持，認為該給孩子一點教訓。我的疑問卻是，這兩個孩子為什麼認為他們不需要幫忙家務？為什麼可以坐享其成？罷工的父母親是否已經錯過了教養的

詩人好望角

《醒世恆言》卷十七〈張孝基陳留認舅〉摘錄

——明．馮夢龍 編著

種田不熟不如荒，
養兒不肖不如無。

種田若沒有努力種好，無法收成，還不如讓地荒蕪。養了孩子卻不成器，反生出許多煩惱，還不如沒有孩子。

明代末年有一位傑出的通俗作家馮夢龍（西元一五七四～一六四六年），他是戲曲家，也是小說家，一生在科舉上並不如意，便將全部的情感與精力，投注在通俗文學的整理

與發揚上。一般知識份子重視的，都是聖人之學，爲什麼馮夢龍有這麼獨特的審美觀？實在是因爲，他發覺眞正能蘊藏誠摯情感，而又能有著巨大教化作用的，正是一向被衛道人士冷落的小說與戲劇。

在他編著的作品中，最爲人熟知的，就是「三言」——《喻世明言》、《警世通言》、《醒世恆言》。總共收錄了一百二十個故事，有些是前代的傳奇或話本改寫的，也有馮夢龍自己的全新創作，許多故事都是男女感情與婚姻的主題，也反映了世態人情的眞實樣貌，是一部古典白話短篇小說的寶庫。

他沿用了古代說書人講故事的習慣，在情節進行中，會安插一些詩句，以韻文的方式呈現，這兩句詩就是出自於《醒世恆言》卷十七〈張孝基陳留認舅〉這一篇小說。故事說的是有個叫作過善的人，生了個兒子過遷，從小就沒有上進之心，只喜歡與狐朋狗黨鬼混，父親送他去上學，他便瞞著父親逃學。事跡敗露之後，父親爲了糾正他的行爲，爲他娶了妻房，新娘貌美和順，妝奩豐厚，剛開始也算情投意合，日子一久，過遷故態復萌，偷了妻子的嫁妝變賣，胡天胡地，又積欠了一屁股債，索性把爛攤子丟給父親，一走了之。故事進行到此，便插入了「種田不熟不如荒，養兒不肖不如無」的詩句。

雖然無法明確得知，這兩句詩是哪位詩人的作品，然而，這確實有著對於現實世界的嘲諷，令人會心一笑。

經歷過痛苦的人，最應該擁有幸福

不是一番寒澈骨，怎得梅花撲鼻香

我認識過一個朋友，總是不快樂的，因爲小時候她和母親被父親所遺棄。

說起來是一個很肥皂劇的劇情，那天是外公的七十歲生日，賀客盈門，大人都喝了一些酒，舅舅和爸爸口角了幾句，被其他人拉開，童年的朋友聽見爸爸唾了一口，喃喃地說：「有一天要給你好看」之類的，她躲在媽媽的身後，一點也不敢靠近爸爸。

就是那天夜裡，媽媽牽著她在小廣場轉啊轉的，找爸爸，以爲他醉倒在哪裡了。找來找去，怎麼都找不到，媽媽的手冰冷汗濕，像一尾土虱握不牢。她記得那個荒荒草草的夜，外公和舅舅陪著她們在小廣場上等著，直到太陽升起來。大家都知道，爸爸已經離開，再也不會回來了。

可是，媽媽卻很執著地要把她的辮子紮整齊，說是等下爸爸回來看見她的辮子像毛毛蟲一樣，會很生氣。

爸爸明明就不會回來了，把辮子紮得再整齊，有什麼用？

她忽然發起狂來，把辮子拆掉，坐在地上哭鬧。直到這時候，媽媽才哭出聲來。

這件事帶給我的朋友一輩子的陰影，她總想著自己是個被遺棄的人，她總覺得自己也許有一天會步上母親的後塵，她不敢追求眞正想要的東西，她沒有勇氣面對失敗與競爭，因爲她輸不起。

我看著她有好幾次幾乎就要握住幸福了，卻少了臨門一腳，於是，幸福像土虱那樣溜走了。

她甚至習慣性的以悲觀的心態來面對生活，「反正最後都是會失去的」；「反正後來還是要分離的」；「反正人生下來就是往死亡走」，到後來，哪怕眞的有好事降臨，她也提心吊膽的想：「幸運的背後，會有什麼不幸即將發生呢？」

有一次，我在廣播中談到，將來上天堂，你最想遇見什麼人，並開放call-in。許多人打電話進來，希望能夠見到自己的親人或是好朋友，都是那麼溫馨的，感人的故事，他們說，眞希望還能有機會向天堂的那個人，說聲謝謝，謝謝對方的付出與愛。

後來，一個年輕女人打電話來，她說她最想遇見的人，是自己的父親。原本我以爲，這又是一個溫馨的故事，結果並不是的。她說，父親在她很小的時候，便遺棄了她和母親。

我的心中一凜，不知道她會對父親說些什麼。她說她要告訴父親，因爲父親離家出走，使她有段時間非常不快樂，活在陰影中，可是，當她慢慢長大，忽然覺得不該讓陰影伴隨著自己一生一世。

她覺得父親既然已經爲她帶來了陰影，帶來了痛苦，那麼，她就該努力追求光明，追求快樂，才能從痛苦中掙脫。有了這樣的想法之後，她發現自己果然變成一個樂觀快樂的女孩，現在的她，已經成家了，和親愛的丈夫與孩子在一起，過得很幸福。她想，這輩子活著的時候，可能是見不到父親了，也許得在天堂相遇，那麼，相遇的那一天，她會告訴父親：「爸爸，我並不恨你，因爲你給了我一個很大的困境，使我變得堅強。爸爸，我已經原

詩人好望角

上堂開示頌

塵勞迥脫事非常，緊把繩頭做一場。
不是一番寒澈骨，怎得梅花撲鼻香？

——唐・黃蘗禪師

想要擺脫塵世的種種勞碌與負擔，可不是一件平常的事，要耗費相當大的精神的，只得緊緊的握住繩子，卯足全力來衝撞這麼一回了。如果不是這樣寒冷的氣候，凍到骨子裡去，又怎麼能夠激發出梅花的清豔與芬芳呢？

這首詩出自於唐朝裴休（西元七九一～八四六年）的《宛陵錄》，他曾做過宰相，自幼便遍遊諸山名剎，

拜謁名師學禪法要，因緣際會，拜入黃蘗希運禪師門下。這位禪林中的著名高僧黃蘗希運禪師（西元七七六～八五六年），可說是禪宗史上承先啓後的重要人物。黃蘗是福州人，幼年時在黃蘗山出家，因爲對這個地方的情感很深，開宗說法時便以黃蘗名世，世稱「黃蘗禪師」。

禪師秉性端凝，學通內外，曾應裴休之邀住持在洪州（江西南昌）龍興寺，來向他學禪的人數以千計，禪風大盛。後來裴休鎭守宛陵（安徽宣城），建造了寺廟，迎請禪師說法，並且將他的語錄編集成《宛陵錄》行世。

黃蘗機鋒銳利，禪風活潑，像這兩句詩「不是一番寒澈骨，怎得梅花撲鼻香」，使用的是隨手拈來的譬喻，談論的是人生的重要轉機。一年四季必然會有冰雪覆蓋的季節，我們在刺骨的嚴寒中，忍不住要詛咒冬天，可是，看似滅絕的肅殺冬意，其實蘊含著無限生機，透露早春的訊息。

當我們在寒冬中瑟縮，千萬不可忘記，梅樹上已經潛伏著花苞。

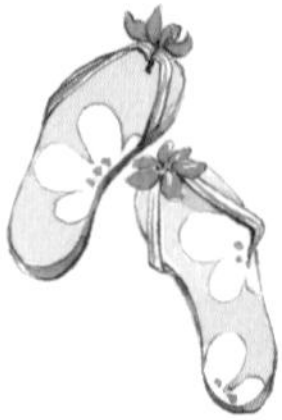

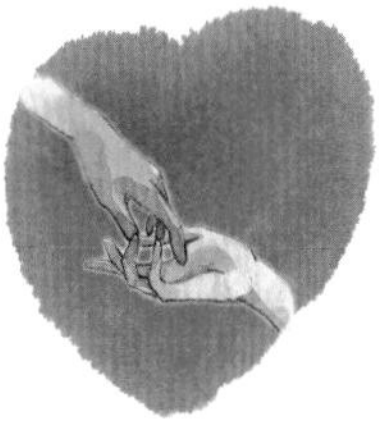

繪者簡介——張芸茵

畢業於師大美術系西畫組，大學時曾休學前往巴黎，花都逍遙一年散盡積蓄後，不得已又重回校園；後曾任教於北縣某國中；待公費償完，滿心歡喜地辭去教職，再次背起行囊前往瑞典Nyckelviksskolan設計學校研讀立體造型。目前長居於瑞典，專事插畫設計與陶藝創作。2003年獲選爲瑞典插畫協會會員，同時爲BZB Grafik插畫設計工作室負責人。除刊物插畫、商品圖案設計外，興趣還包括旅遊、音樂、園藝和語言。著有《瑞典》（太雅出版社發行）一書。

願望是能永遠住在靠水的城市，在自家花園旁擁有一座明亮的畫室，在這裡讓夢想與工作結合。

圖文作品散見於中國時報、聯合報、自由時報、中華日報、國語日報、張老師月刊等；及美麗佳人、柯夢波丹等時尚雜誌，插畫作品散見於麥田、皇冠、書林、校園書房、馬可孛羅等出版社及其他商業設計公司。

網站: http://www.heyshow.com/users /bzb/　　Email：bzb_grafik@yahoo.com.tw

張曼娟藏詩卷 3
人間好時節（流金歲月版）

作者　張曼娟
責任編輯　胡金倫、林秀梅
選詩小組　張曼娟、陳慶佑、張維中
企劃編輯　紫石作坊
插畫　張芸茵
封面設計　謝佳穎
內頁設計　A+design
版權　吳玲緯
行銷　巫維珍、蘇莞婷、何維民、林圃君
業務　李再星、陳紫晴、陳美燕、葉晉源
副總編輯　林秀梅
編輯總監　劉麗眞
總經理　陳逸瑛
發行人　凃玉雲
出版　麥田出版
城邦文化事業股份有限公司
104台北市民生東路二段141號5樓
電話：(886)2-2500-7696　傳眞：(886)2-2500-1967
發行　英屬蓋曼群島商家庭傳媒股份有限公司城邦分公司
104台北市民生東路二段141號11樓
書虫客服服務專線：(886)2-2500-7718、2500-7719
24小時傳眞服務：(886)2-2500-1990、2500-1991
服務時間：週一至週五09:30-12:00．13:30-17:00
郵撥帳號：19863813　戶名：書虫股份有限公司
讀者服務信箱E-mail：service@readingclub.com.tw
麥田部落格：http://ryefield.pixnet.net/blog
麥田出版Facebook：https://www.facebook.com/RyeField.Cite/
香港發行所　城邦(香港)出版集團有限公司
香港灣仔駱克道193號東超商業中心1/F
電話：852-2508 6231　傳眞：852-2578 9337
馬新發行所　城邦(馬新)出版集團〔Cite (M) Sdn Bhd.〕
41-3, Jalan Radin Anum, Bandar Baru Sri Petaling,
57000 Kuala Lumpur, Malaysia.
電話: (603) 9056 3833　傳眞: (603) 9057 6622
E-mail：services@cite.my
印刷　前進彩藝有限公司
初版一刷　2005年3月1日
二版一刷　2020年10月1日
二版五刷　2024年3月8日

ISBN：978-986-344-823-5
售價：340元
Printed in Taiwan

國家圖書館出版品預行編目資料

人間好時節／張曼娟著. -- 二版. -- 臺北市：
麥田，城邦文化出版：家庭傳媒城邦分公司發行，
2020.10
面；　　公分. --（張曼娟藏詩卷 ；3）
ISBN 978-986-344-823-5（平裝）
1. 中國詩—評論 2. 詞— 評論
821.886　　109012907

cite城邦媒體 麥田出版
Rye Field Publications
A division of Cité Publishing Ltd.

廣告回
北區郵政管理局登
台北廣字第0007
免貼郵

英屬蓋曼群島商
家庭傳媒股份有限公司城邦分公司
104 台北市民生東路二段141號5樓

請沿虛線折下裝訂，謝謝！

文學・歷史・人文・軍事・生活

麥田出版
Rye Field Publications

書號：RC2004X 書名：人間好時節（流金歲月版）

讀者回函卡

cite城邦媒體

為提供訂購、行銷、客戶管理或其他合於營業登記項目或章程所定業務需要之目的，家庭傳媒集團（即
屬蓋曼群島商家庭傳媒股份有限公司城邦分公司、城邦文化事業股份有限公司、書虫股份有限公司、墨
出版股份有限公司、城邦原創股份有限公司），於本集團之營運期間及地區內，將以e-mail、傳真、電
簡訊、郵寄或其他公告方式利用您提供之資料（資料類別：C001、C002、C003、C011等）。利用對
除本集團外，亦可能包括相關服務的協力機構。如您有依個資法第三條或其他需服務之處，得致電本公
客服中心電話請求協助。相關資料如為非必填項目，不提供亦不影響您的權益。

請勾選：本人已詳閱上述注意事項，並同意麥田出版使用所填資料於限定用途。

名：__________________ 聯絡電話：________________

絡地址：□□□ ________________________

子信箱：____________________________

分證字號：________________________（此即您的讀者編號）

日：____年____月____日　性別：□男　□女　□其他________

業：□軍警　□公教　□學生　□傳播業　□製造業　□金融業　□資訊業　□銷售業
□其他________________________

育程度：□碩士及以上　□大學　□專科　□高中　□國中及以下

買方式：□書店　□郵購　□其他________________

歡閱讀的種類：（可複選）

□文學　□商業　□軍事　□歷史　□旅遊　□藝術　□科學　□推理　□傳記　□生活、勵志
□教育、心理　□其他____________________

從何處得知本書的消息？（可複選）

□書店　□報章雜誌　□網路　□廣播　□電視　□書訊　□親友　□其他____________

書優點：（可複選）

□內容符合期待　□文筆流暢　□具實用性　□版面、圖片、字體安排適當
□其他________________________

書缺點：（可複選）

□內容不符合期待　□文筆欠佳　□內容保守　□版面、圖片、字體安排不易閱讀　□價格偏高
□其他________________________

對我們的建議：________________________

____